講談社文庫

神の時空《とき》

伏見稲荷《ふしみいなり》の轟雷《ごうらい》

高田崇史

講談社

あかあかと
たたあかあかと照りゐれは
伏見稲荷の神と思ひぬ

前川佐美雄

稲荷山
奥社奉拝所
根上りの松
おもかる石
千本鳥居
玉山稲荷社
白狐社
奥宮
十石橋
上末社
本殿
授与所
神楽殿
お茶屋
楼門
社務所
参集殿
藤尾社
熊野社
神幸道

伏見稲荷大社境内図

◉登場人物紹介◉

樒《しきみ》 祈美子《きみこ》　伏見稲荷の氏子《うじこ》。狐憑きの家筋。

澤村光昭《さわむらみつあき》　祈美子の婚約者。

瀬口義孝《せぐちよしたか》　京都府警捜査一課の警部補。

加藤裕香《かとうゆか》　捜査一課に配属されたばかりの巡査。25歳。

火地晋《かちすすむ》　常に「猫柳《ねこやなぎ》珈琲《コーヒー》店」の片隅で原稿を書いている老歴史作家。幽霊。

……………

高村　皇《たかむらすめろぎ》

磯笛《いそぶえ》　大磯笛子《おおいそゆうこ》。高村の部下。

六道佐助《りくどうさすけ》　傀儡《くぐつ》遣い。

如月妖子《きさらぎようこ》・霊子《れいこ》　双子の巫女《みこ》。

［辻《つじ》曲《まがり》家］

もともとは中伊豆《なかいず》の旧家で、清和源氏《せいわげんじ》の血を引いている。先祖には尼《あま》や巫女となった女性がおり、その中にはシャーマン的な能力があった者もいた。現在は、長男の了を家長として、四兄妹で東京・中目黒の古い一軒家に暮らしている。

了《りよう》　辻曲家の長男。
　渋谷のカレーショップ「リグ・ヴェーダ」の経営者。

彩音《あやね》　長女。神明《しんめい》大学文学部・神道学科大学院生。

摩季《まき》　次女。鎌倉・由比《ゆい》ヶ浜《はま》女学院一年生。

巳雨《みう》　三女。お下げ髪の小柄な小学五年生。

福来陽一《ふくらいよういち》　了のカレーショップの常連客。ヌリカベ。

グリ（グリザベラ）　巳雨に拾われたシベリア猫。辻曲家の一員。

神の時空《とき》　伏見《ふしみ》稲荷《いなり》の轟雷《ごうらい》

プロローグ

憑《つ》きもの筋《すじ》、という言葉がある。

これは、動物の霊が体に取り憑いて、同じ共同体に暮らす人々に災厄をもたらす人間、あるいはその一族を指している。ゆえに昔は、その家系の人間との婚姻が忌《い》まれた村落も多く存在したという。結婚することによって、婚姻相手と共に、その「憑きもの」も自分の家にやって来てしまうと信じられていたからだ。

しかしこれらに関しては、閉じられた集落に襲いかかる天災や疫病《えきびょう》への恐怖、新しく入村してきた富貴な居住者への羨望、あるいは何らかの原因で突然裕福になった隣人への嫉妬。それらの厳然たる現実を認められない歪《ゆが》んだ心理が「憑きもの」を生み出したのだともいわれている。つまり、こういった説明し難い不条理な出来事は、全てその誰かが持っている「憑きもの」のせいなのだと結論づけたわけだ。その「憑きもの」のせいで自分たちはこんなに不幸で、いわれなき辛い目に遭っているのだ、と。

現代から見れば、一笑に付してしまえるような思考だろう。心理学的には「原始的投影」といえるかも知れない。だが、わが国には昔から、こういった憑き物信仰が多くあった。たとえば実際に、呪術としての「犬神《いぬがみ》」は存在していた。その由来に関しては多々あるが、最も一般的に信じられていたのは、恨みを持っていたり気に入らなかったりした家族がいた場合、彼らを不幸のどん底に陥《おとしい》れる術としての「犬神」である。

そして、その方法も具体的に伝えられている。

まず、犬を首だけ出るようにして地中に埋めて、その眼前に好物を置く。やがて犬の飢餓が極限に達して喚《わめ》き始めた時「私の恨みを果たせ」と祈って首を切り落とし、それを辻《つじ》に埋めて多くの人に踏みつけさせる。その後、首を掘り出して祀《まつ》り、恨む相手を呪う。呪われた家族は、意識が朦朧《もうろう》となったり、原因不明の病気に罹《かか》ったり、最悪の場合には命を落としてしまうというのだ。その霊を操《あやつ》って恨みを晴らした者の子孫が、いわゆる「犬神筋」となる。

そして一方、この「犬神」と並んで有名な「憑きもの」に「狐憑《きつね》き」がある。細かく言えば、秩父《ちちぶ》地方を中心とした「尾先《オサキ》」。長野が本場ともいわれているが、愛知・静岡を中心に広く存在していた「管《クダ》」。島根・鳥取地方での「人狐《ニンコ》」。広島・山口が中心の「外道《ゲドウ》」。九州地方での「野狐《ヤコ》」そして、修験道でいう「飯縄《イヅナ》」――等々。

小松和彦《こまつかずひこ》は言う。

「民俗学では、『憑きもの』を、たとえば『狐憑き』を、元来は穀霊への信仰としてあった稲荷《いなり》信仰が大陸から輸入された蠱道《こどう》と混合しながら、穀霊のミサキ（使者・先鋒《せんぽう》）であると考えられていた狐という動物への信仰に変化したもの、という具合に歴史的に理解している。私としても、そのような理解の仕方を否定しようとは思わない。しかしながら（後略）」

もっと他にも、大きな意味を持っているのではないか、と述べる。そして私も、そう思っている。

もちろん、この「狐憑き」にも、取り憑かれた人間が病死したとか、誰それを呪い殺すというような話もある。もともと狐は狸《たぬき》と同様に、化けて人を欺《だま》すと言い伝えられてきたネガティヴなイメージを持った生き物だからだろう。

ところが「狐憑き」には、また違った一面が存在する。

それは、狐に憑かれた人間には、普通の人間が持ち得ないような特殊な能力が備わるという点だ。いわゆる「ついている」という状態である。「ついている」とか「ついていない」とか、現在でもごく日常的に口にするように、この場合は、理屈を超えた「何か」がその人間に取り憑いた結果として急に運が良くなり、その「つき」に見放された途端、逆に一気に運が落ちてしまうという現象を言っている。

それゆえに、遠い昔から神社の巫女《みこ》や修験者《しゅげんじゃ》を始めとして密教僧なども、その人知を超えた能力を身につけるため、篤《あつ》く狐を信仰してきた。

そして私の家、樒《しきみ》家も同様だ。

いわゆる「狐憑き」「狐筋」なのである。

樒家は、代々、京都・伏見《ふしみ》稲荷の氏子《うじこ》だ。「狐の本所《ほんじょ》」といわれる稲荷山には、きちんと塚《つか》も奉納し、家の守り神として常に尊崇《そんすう》している。だから私も、あの清少納言《せいしょうなごん》が参詣《さんけい》中途で辛さの余り泣き出してしまったというお山に、幼い頃から何度も参拝している。そしてもちろん神社には——それこそ、まだ母親のお腹の中にいる頃から——数え切れないほどお参りした。

その結果、私にも他の人が持っていないような能力が備わったのだと思っている。

といっても、私の持っている能力は、格段に大したものではない。相手を呪い殺すとか、病気にさせてしまうとか、そんなおどろおどろしいものではないのだが、人間関係においては非常に重要で有意義な力になる。

それは、私が相対している人の心が読めてしまうというものだ。その人が本当はどんな人なのか、今私に向かって嘘《うそ》を吐《つ》いているのかいないのか、そんなことが瞬時にして分かるのだ。

ただ、この能力に関して言えば、メリットばかりではない。むしろ、デメリットの方が多い。大抵の人の心には、碌《ろく》でもない考えばかりが渦を巻くように満ち満ちているからだ。にこやかに話をしている途中でその人の本心が分かってしまい、耳を塞ぎ目を覆いたくなってしまうようなことが、実際に何度もあった。しかし、そんな苦い経験を積むうちに私は、嘘を感じ取る力を自分で微妙に調節できるようになった。だから現在は、その力を全開にしていない。ほんの少しだけ、チャンネルを開くようにしている。

もちろんこの力のことは、両親や婚約者に軽い冗談として告げた以外、全く他言していない。もっとも、告白したところで、誰にも信用されないだろう。きっと、私の妄想という一言で片づけられてしまう。

だが、榕家は狐憑きの家系。それくらいのことは、あって当たり前なのだ。

それゆえに――。

誰も私、榕祈美子《きみこ》を欺《あざむ》くことはできないのである。

1

七月も後半になっていたが、まだ日が昇ったばかりの大気は冷たく爽やかだった。しかもここは京都、伏見稲荷大社の神域。濃い緑の香りだけが、辺り一面を清らかに満たしている。

その神聖で清冽《せいれつ》な空気の中を、大社社務員の宮野辺《みやのべ》良夫《よしお》は、奥社奉拝所へ向かって歩く。年間参拝者数一千万人超といわれるこの大社も、まだ人影もなく、ただ自分の足音だけが空に吸い込まれてゆく。

伏見稲荷大社。

京都市伏見区深草藪之内町《ふかくさやぶのうちちょう》。東山連峰の最南端に位置する稲荷山の麓に鎮座するこの大社は、もちろん全国津々浦々に鎮座している稲荷社の総本宮であり、祭神は、宇《う》迦之御魂大神《かのみたまのおおかみ》を始めとして、佐田彦《さたひこ》大神、大宮能売《おおみやのめ》大神、田中《たなか》大神、四《しの》大神。後白河《ごしらかわ》法皇撰の今様《いまよう》歌謡集『梁塵秘抄《りょうじんひしょう》』にもあるように、平安時代初期は宇迦之御魂大神など三神だけを祀っていたようなのだが、やがて田中大神と四大神が加わって、現在は五座になっている。そのいずれも、ありがたい神だ。

ゆえに参拝者数は、正月三が日だけでも約二百八十万人。これは、全国的にも、東京・代々木の明治神宮に次いで多い人数だ。また、全国の稲荷社数は三万社を超えるといわれているが、稲荷勧請社《かんじょうしゃ》としての会社や個人の邸内社もカウントすれば、その数は何十万にも上るだろうといわれている。

全てが実に膨大な数で、驚きを禁じ得ない。

ここで正直に告白してしまうと、宮野辺にはその膨大な数の理由までは分からない。何故それほどまでに稲荷信仰が日本全国に広まり、こうやって現在も続いているのか……。

確かに一説では豊臣秀吉《とよとみひでよし》が、この地に「満足稲荷」を勧請して城中の鎮守としたために、全国の諸大名がこぞって稲荷を祀るようになったというし、あるいは、江戸時代に「三井の越後屋《えちごや》」つまり「三越」が稲荷神を祀って莫大《ばくだい》な資産を築いたため、日本国中の誰もがその真似をするようになったのだともいわれているが、真相は知らなかった——。

五間社流造り《ごけんしやながれづくり》檜《ひ》皮葺《わだぶき》、朱塗《しゆぬ》りの立派な本殿を右手に眺めて、宮野辺は歩く。

もちろん、この造りの社殿では規模も最大級であり、屋根が片方に大きく流れる優雅な「稲荷造り」として有名だ。実はこの社殿は、応仁《おうにん》二年（一四六八）の応仁の乱の際に、悉《ことごと》く焼失してしまった。そのため現在の社殿は、明応《めいおう》八年（一四九九）に再興されたのである。

その本殿と社務所の間の参道を歩いて行くと、正面に境内末社《けいだいまつしゃ》の玉山《たまやま》稲荷社がある。ここから宮中の鎮守社として勧請され、再びこの地に遷座《せんざ》された社《やしろ》だ。

参道はその正面で直角に右に折れ、突き当たりにある神馬舎《しんめ》の手前でまたほぼ直角に左に折れる。そのまま道なりに石段を数段登ると、正面には「奥宮」と、稲荷の眷《けん》属《ぞく》である狐を祀った「白狐社《びゃっこ》」が建っている。「奥宮」は本殿同様に明応年間の造営で、稲荷大神を祀っている。そして「白狐社」は、狐の夫婦にゆかりのある末社だ。夫の狐は小薄《おすすき》、妻の狐は阿古町《あこまち》と呼ばれ、共に稲荷大神の眷属となったという伝説がある。

そして、その直前で参道はまたしても右に大きく折れてクランク状に続き、行く手には伏見稲荷大社の代名詞となっている朱塗りの「千本鳥居」がズラリと立っている。

宮野辺は一息ついて、鳥居のトンネルを見つめた。

高さ二メートルを超える無数の鳥居は、一本一本が昇る朝日に美しく照り輝いている。所によっては、白、黄色、橙《だいだい》色、赤色、そして金色にと、華やかに朝日を反射していた。

稲荷大社命婦谷《みょうぶだに》奥社奉拝所——奥の院に勤務している自分は、きっと、この光景を眺めるために毎朝ここにいるのだと思う。何度目にしても飽きない。いや、それどころか毎回新鮮に映るその千本鳥居の道を、一人きりで歩く。これは、稲荷大社社務員に許された最高の贅沢《ぜいたく》だ。ここにいるのは自分と、鳥居の隙間から差し込む朝日と、鳥のさえずりだけ。文字通り神域である。

ちなみに、この「千本鳥居」という名称は、何の根拠もなく付けられたわけではない。今でも常に、日本全国から寄贈された八百から九百基の鳥居が立っている。そして、時には本当に千本に届きそうになる。それほどまでに、人々の篤い信仰を一身に受けているのだ。

そのまま進んで行くと、すぐに鳥居の道は左右に分かれる。宮野辺は「奥之院《おくのいん》へ一丁」と書かれた石標を眺めながら、いつものように右の道へと入り、石畳の道を歩く。もちろん、左右どちらの道を選択しても奥社奉拝所に到着する。以前は右の道から入って左の道から帰って来るのが正式な順路といわれていたが、現実にはそれほど厳密に決められているわけではない。また昔は、男女のカップルで訪れた際には、お互いにわざと左右別々の道を選んで進み、出口でちょうど出合えれば幸せに結ばれるという縁起——ロマンティックな俗信もあったという。

宮野辺は、そんなことを思い出して微笑《ほほえ》みながら足を進めた。

すると——。

行く手に、チラリと黒い影が見えた。

こんな早朝から参拝者がいるのだろうか。気のせいだったかと思い、宮野辺は足を進める。しかし、再びゆらりと二つの影が揺れた。

誰かいるのかと思って、更に足早に進むと、

〝あっ〟

宮野辺は、その光景を目にして立ち竦《すく》み、目を大きく見開いて絶句した。そして、何度も目を瞬《また》かせて見つめたが——現実の出来事だった。

〝どうしてこんな……〟

情けないことに膝が大きくガクガク震えた。

いや、とにかく急いで宮司《ぐうじ》さんに、そして警察に連絡を!

次の瞬間、宮野辺は転がるようにして——実際に何度か転んで膝を強く打ちながら、元来た石畳の道を走った。

心臓は音を立てて波打ち、頭の中は真っ白になっていた。

しかし!

こんなことがあっても良いのだろうか。

この美しい鳥居の道——稲荷大社の神域で!

宮野辺の体は震える。

神聖な千本鳥居の貫《ぬき》に、二人並んで首を吊《つ》った人間が、ゆらりゆらりと風に揺れているなどとは。

＊

伏見稲荷大社からの通報を受けて、京都府警捜査一課警部補・瀬口《せぐち》義孝《よしたか》は、部下の加藤《かとう》裕香《ゆか》巡査と共に朝一番で現場へと急行した。

瀬口は、裕香の運転する車の助手席に腰を下ろして、窓の外を流れる京都の街並みを眺めながら顔をしかめる。つい昨日、宇治《うじ》から貴船《きぶね》まで巻き込んだ、やっかいな連続殺人事件が片づいたばかり。それから、まだ二十四時間経ったかと思う頃に、今度は伏見稲荷大社で殺人だという。

しかも、四人。

二列に並んだ「千本鳥居」の道の出口近くの鳥居に、首を吊った遺体が、それぞれ二体ずつぶら下げられていたらしい。

実に悪趣味極まりない話だ。

大社からの通報を受けて駆けつけた警官は最初、自殺かとも考えたという。あの、世界的に有名な稲荷大社のメインストリートを自殺場所に選ぶかどうかは別問題として、実際にバブル崩壊後のわが国で、四人の男性が申し合わせて同室で自殺したという事件もあった。

しかし遺体を良く見ると、頸部《けいぶ》には数本の索条痕《さくじょうこん》が残っていた。縊死《いし》で索条痕が何本もできるわけがない。しかもその中には、ぶら下がった状態では残るはずのない、首回りを水平に走っている痕《あと》もあったという。となれば、殺人の線で間違いはない。何者かが紐《ひも》のような物で首を絞めてから、改めて鳥居に吊したことになる。

だが、四体も吊すとなれば大変な労力だ。どうして犯人は、わざわざそんなことをしたのか？　しかも、あんなに目立つ場所に。

実に不可解だ――。

そんなことを考えていると、

「また警部補に叱られるかも知れませんけど」と裕香が前を見つめて言う。「何か、京都の街が変です」

「確かにな」瀬口は冷ややかに答えた。「こう、立て続けにおかしな事件が起こるってことは、人の心がすっかり荒《すさ》んでしまっている証拠だな」

「そういう意味じゃありません」裕香はハンドルを握ったまま、真剣な顔で反論した。「この街の雰囲気。いえ、空気自体がおかしいんです」

「また、きみの得意な直感か」

「直感というレベルではなく、実感です。警部補は感じられませんか」

「生憎《あいにく》というか幸いにというか、俺はそういったことに関しては、生まれつき鈍感にできているんでね」

「こうして車を運転していても、どことなく街の『氣』が澱《よど》んでいるのを感じます。うまく言葉では言い表せないんですけど」

「じゃあ、黙って現場へ急げば良い」

「急いでいます」裕香はチラリと瀬口を睨《にら》んだ。「それとこれとは、別問題です。警部補、真剣に聞いてください！」

瀬口は嘆息しながら顔をしかめた。

裕香は捜査一課に配属になったばかりの二十五歳。自分の娘とは言わないまでも、二回り近く年が離れているにもかかわらず、すぐに瀬口に食ってかかってくる。見た目は可愛らしいくせに、異常に気が強くて実に生意気な女性で、毎日のように口論になる。上司の村田雄吉《むらたゆうきち》警部から頼まれなければ、こんな女性の教育係など引き受けはしない。もちろん何度も固辞したのだが、無理矢理に押し込まれた。そこで、この「お守り係」を誰かに押しつけてしまおうと虎視眈々《こしたんたん》とチャンスを狙っていたのだが、昨日の貴船の事件の際に、彼女の覚悟の程を知って、もう少しだけ面倒を見ることにした。

だが、やはりこの手の会話の内容や口調には、強い忍耐心が必要だった。苦虫を嚙《か》み潰《つぶ》したような顔で、窓の外を流れて行く京都の街並みを眺めていると、

「警部補は」と裕香は言う。「霊感をお持ちじゃないから、気づかないだけなんです。こんなに空気が緊張しているのに」

「それはどうも」瀬口は肩を竦めた。「霊的に繊細でナイーヴな人たちは、日々大変だな」

といっても、裕香がそれ程までに強い霊感を持っているとはとても思えない。

「そうなんです」裕香は瀬口の皮肉に気づいた様子もなく、真顔で頷《うなず》いた。「警部補のように鈍感だったら本当に楽——あ。すみません」

裕香はペロッと舌を出した。

「でも、貴船の時もそうだったじゃないですか。物凄く『気』が乱れていて」

昨日の、貴船神社での出来事だ。

確かにあの時、不可思議な出来事が立て続けに起こった。何の前触れもなく貴船川を襲った鉄砲水。その場に立っていられないほどの突風。スコールのような大雨。

「しかし、あれは全て自然——」

「自然現象じゃありません、警部補」裕香は瀬口の言葉を遮《さえぎ》る。「貴船神社の巫女さんだった方もおっしゃっていたし、あの時一緒にいた辻曲《つじまがり》さんもそう言っていました。貴船と鞍馬《くらま》の神たちのせいなんだって」

「バカな。そんな言葉をきみは——」

「もちろん、信じていますよ。その証拠に、彼女たちが必死に祈ったおかげで、急に天候が好転したじゃないですか。雨も上がって、虹までかかった。あれは間違いなく、神の怒りが鎮まったからです」

「偶然だろうな」

「違います。偶然ではありません」

きっぱりと断定する裕香に、

「そう思うのはきみの勝手だが」と瀬口は忠告する。「間違ってもそんな話を人前でするなよ。俺まで疑われる。いや、京都府警全体の信用に関わってくるからな」

「本当の話なんです」

「本当だろうがガセだろうが何でもいい。とにかく、口にするな」

すると裕香は一つ溜息《ためいき》を吐いて、

「承知しています」と不満げに頷いた。「最初から、こんな話は警部補にしかしていませんの。他の人たちには、なかなか信じてもらえないでしょうから」

「ちなみに、俺も信じられん」

「いえ。警部補は、心の底では理解されているはずです。私には分かるんです」

そう断定して何度も首肯する裕香を見つめて、瀬口は論争を放棄した。おそらくこれ以上は、不毛な水掛け論になる。それに、裕香がそう勘違いしているのならば、勝手にそうさせておけば良い。

ただ、貴船に関して言えば、確かにうまく言葉で説明できないことが起こったのは確かだ。だがそれは、あくまでも「うまく説明できない」ことなのだろう。だからきっと、違う理論を持ってくれば、全てが科学的に説明がつくはずだ。瀬口は、そう理解している。それに、今はそんなことよりも――。

「到着しました、警部補」

天を突くような朱色の鳥居を横目に、裕香はハンドルを大きく切って駐車場に車を停めた。すると、そこで待ち構えていたように、警官が瀬口たちに走り寄って来た。

「ご苦労さん。どうだ、様子は」

と言って車を降りた瀬口に、警官が報告する。

「はいっ。第一発見者の見つけた遺体に関しましては、身元が割れました」

「ほう、早いな」

ええ、と警官は頷いた。

「最初はかなり気が動転していましたが、ようやく落ち着きまして、改めて詳しい話を聞くことができました。地元の知り合いで、親しくつき合っていたそうです」

「それで余計に動揺してしまったというわけか」

「そのようです」警官はメモを見る。「その人物は、澤村《さわむら》太市《たいち》。地元の酒店経営者です。先ほどそちらも、確認が取れました」

「他の三人は？」裕香が尋ねる。「やっぱり地元の人なの？　それとも観光客？　持ち物その他から何か判明したことは？」

「いえ……それは現在、鑑識の方が……」

「とにかく現場へ」瀬口は裕香を睨んだ。「細かい話は、それからだ」


瀬口たちは現場を確認しながら、鑑識から直接話を聞く。

するとやはり、死因は他者による絞殺で間違いないだろうということだった。四体の遺体全て、頸部に数本の索条痕が見つかっていたのだ。中には、抵抗したと見られる自分の爪を立てた痕が残っている遺体もあった。

つまり、殺人事件《コロシ》だ。

となると、こんなあからさまな絞殺死体を、どうしてわざわざここ、稲荷大社の「メインストリート」ともいえる場所に吊したのかということになる。それほどまでに、殺人をアピールしたかったのだろうか……。

その動機は何だ？　少なくとも、単なる愉快犯にしては、大がかりすぎる——。

「とにかく」瀬口は警官を見る。「その第一発見者に会おう」

瀬口たちは警官に案内されて、発見者が待機している社務所へと向かった。

二人が奥に通されると、そこには宮司と共に、小さな初老の男性が肩を落としてイスに腰を下ろしていた。この男が、第一発見者か。そう思って、瀬口と裕香が名前を名乗ると、その男性はおどおどした視線を二人に返しながら、

「宮野辺良夫です……。今は、命婦谷奥社奉拝所におります」

と自己紹介した。瀬口が、改めてお話をお聞きしたいと言うと、宮野辺は緊張と動揺からだろう、時々言葉に詰まりながら、発見の状況を二人に伝えた。

その話が終わると、

「奥社奉拝所というのは」瀬口が尋ねる。「あの、千本鳥居をくぐり抜けたところにある社ですね」

はい、と今度は宮司が硬い表情のまま答えた。見るからに実直そうな男性だ。

「稲荷山を遥拝《ようはい》するために、造られました」

「文字通り『奉拝所』ということですか」

「ええ。ただ、奥の院ということで皆さんよく勘違いされますが、あの場所は大社の一番『奥』ということではなく、実はそこから登る『お山巡拝』の安全を祈願する場所です。あるいは、事情があってお山に登ることのできない方のための、遥拝所というわけです。うちの社の根本は、あくまでも神の山である『稲荷山』ですので」

「そういうことだったんですね」

裕香が何度も頷いた。

「でも大抵の人たちはあそこで、キュートな狐の顔の絵馬の願掛けをしたり、『おもかる石』に列をなしたりしてますよね。石灯籠《いしどうろう》の宝珠《ほうじゅ》を持ち上げて、予想より軽ければ願いが叶《かな》うといわれる石。昔に行ったのが日曜日で、とっても混んでいてずいぶん待たされましたけど、私もやりました」

「それはどうも」

苦笑する宮司の横で、ゴホン、と瀬口は大きく咳払《せきばら》いすると、

「そして」と宮野辺を見た。「今朝、そちらに向かう途中で遺体を二体、発見されたというわけですね」

「はい……」宮野辺は、白髪《しらが》の混じり始めた頭を撫《な》でた。「しかし全く、何がどうなっとるのか……」

「昨晩、あなたはあの千本鳥居の道から戻られましたか」

「はい。おそらく、私が最後だったかと」

「何時頃でしたか」

「いつもの通り、夕方の五時を過ぎたくらいでした」

「その時は、何もなかった」

「ええ、もちろん！　あれば、その時点で報告しています」

「それはそうですね。ということは、昨晩あなたが帰られてから、そして今朝、再び奥の院へ向かわれるまでの間の出来事になるわけですが」瀬口は宮司を見る。「あの場所への、夜間の侵入は容易なんでしょうか」

「建物内ならばともかく」宮司は硬い表情のまま答えた。「千本鳥居や稲荷山に関しては朝も夜も門限はありませんので、容易かどうかは別として、決して不可能ではありません」

「防犯カメラなどの設置は？」

「主要な建物に関しては、何ヵ所か設置していますが、千本鳥居には何も。まさか、こんな行動を取る人たちがいるとは思ってもみませんでしたもので……」

「宮野辺さんは、今朝、千本鳥居の隣の道にあった二体には、気づかれなかった？」

「とてもとても、そんな！」宮野辺は大声を上げた。「辺りを見回している余裕など、全くありませんでした。とにかく、宮司さんにお知らせしなくてはと思って」

その訴えに、瀬口は無言で首肯する。確かに、あんな場所に絞殺死体がぶら下がっていようなどと思う人間は、誰一人いないだろう。

「しかも、吊り下がっていたうちの一人は、お知り合いだったとか」

はあ……、と宮野辺はハンカチを取り出して冷や汗を拭った。

「まだ信じられません」

「あなたとは、親しかったと聞きましたが」

ええ、と宮野辺は震える声で答える。

「同じ町内会でしたので……。歳は確か、私より二つ三つ上だったと思います。四人兄弟の一番上とか。ちょっと頑固で融通が利かないところもあったようですが」

「澤村さんのご兄弟ともお知り合いですか」

はい、と宮野辺は首肯する。

「四男の聡《さとし》さんの息子さんも知ってます。太市さんは違いましたが、聡さん親子は氏子さんで、稲荷の神をとっても信仰していました。息子さんはしょっちゅう彼女と二人で、こちらにも見えていました。いずれ結婚するつもりだから、その時はお願いしますなどと言って」

「なるほどね」

と手帳に書きつける瀬口の前で、

「でも」宮野辺は膝の上で拳を握り締めると、両肩を震わせて絶句した。「一体、どうしてまたこんな……」

「それで」と宮司が、不安そうに瀬口たちを見た。「澤村さんたちは、なぜ——」

彼らは、この事件に関する詳しい情報を聞かされていないらしい。瀬口は裕香をチラリと見る。その視線を受けて、裕香がゆっくりと口を開いた。

か？」
「宮野辺さんからご覧になって、澤村さんは自殺されるような方にお見えでした
えっ、と宮野辺は泳いだような視線で裕香を見た。
「いや……。お店も順調のようでしたし、性格はさっきも言いましたように、とても
頑固で気の強い方でしたから、とてもそんな風には……」
「もちろん、これから検案の結果を待たなくてはならないんですけれど、おそらく澤
村さんは、ご自分で首を吊ったわけではなさそうです」
「というと……」
「澤村さんが何者かに殺害された確率が高いのではないかと考えています」
「えっ」
宮野辺は声を上げて、宮司を見る。その視線を受けながら、
「それは一瞬、我々も考えましたが」宮司は、身を乗り出した。「だが、一体誰がそ
んなことを」
「今はまだ」瀬口が、冷静に答えた。「全く想像もつきません。ですから、心当たり
がおありなら、むしろ教えていただきたい」
「心当たりと言われましても……」宮司は瀬口を、そして裕香を見た。「それより、
並んで首を吊っていたという女性や、他に見つかった人たちは？」

おそらく、と瀬口は頷いた。

「同様に、殺害されたものと思われます」

「殺人事件ということですか！」

はい、と肯定する瀬口と裕香に向かって、

「ということは」宮野辺が目を大きく見開いた。「私も容疑者の一人……？」

「いいえ」

万が一、宮野辺に動機があったとしても、まさか被害者たちをあんな場所に吊り下げたりはしないだろう。その上、宮野辺自身が、第一発見者になってしまっている。

瀬口は微笑みながら、宮野辺に言った。

「あの場所は、この大社の神域でしょう。まさか、ここにお勤めの方がそんな場所で殺人を犯すはずもない」

「もちろんです！」宮野辺は、何度も大きく頷いた。「しかも、日本全国から稲荷大神崇敬者の方々が集まる、本宮《もとみや》祭を控えているこの時期に」

それで、境内中に赤い「獻燈《けんとう》」提灯《ちょうちん》が飾られていたのか、と瀬口が納得していると、宮野辺の言葉を受けて宮司も、

「この方は、長年真面目に勤めてこられました。間違っても、そんなことをするはずはありません」

「ありがとうございます、宮司」宮野辺はお辞儀すると、瀬口に向かい、「警部補さんも、私を信じてくださって、感謝します」

と言って肩の力を、ホッと抜いた。

しかし瀬口は、宮野辺を信じたわけではない。常識的に考えた結果を口にしただけだが、宮野辺は心から安心した様子だった。汗を拭いながら尋ねる。

「でも、どうして犯人は、千本鳥居に遺体を……」

「犯人を捕まえてみないと、真相は分かりませんが」瀬口は答えた。「彼らの遺体を隠そうと思えば、この近辺にはいくらでもそんな場所があります。しかし、そうはしなかった。ということは、犯人は最初から目立つようにあの場所を選んだとしか考えられないんです」

「人目につくように、わざと並べて吊したということですか？」

「おそらくは」

「なぜ？」

「その動機は謎です。小動物の遺骸を公園や学校や人の庭に放棄するのとは、わけが違いますからね。今は、何とも言えません」

「一刻も早く、犯人逮捕をお願いします」

宮司の言葉を受けて、

「もちろんです」裕香が真剣な顔で胸を張った。「京都府警捜査一課の全力を挙げて」

その姿を複雑な心境で眺めていた瀬口に、再び社務所に戻って来た警官が耳打ちする。

「澤村光昭《みつあき》さんという男性が見えました。被害者の親戚の方のようです」

「分かった」瀬口は頷く。「ここに、お通ししてくれ」

やがて警官と共に、若い男女が二人、部屋に入ってきた。

「おお」宮野辺が声を上げる。「光昭くんじゃないか。いや本当に、伯父さんが大変なことに……」

宮野辺が話していた、被害者の甥《おい》っ子のようだった。澤村家の四男・聡の一人息子だ。おそらく普段はとても活発そうなスポーツマンという印象を受けるが、さすがに今はとても緊張しているせいか、青ざめた顔を硬く曇《くも》らせていた。

その彼が瀬口たちに向かって名乗る。

「澤村光昭です」

そして光昭の後ろにひっそりと立っている女性は、彼の彼女——婚約者だという。

その女性は光昭とは対照的で、どことなく暗い影を感じさせた。色白で、ほっそりとした顔立ちと細い目が、どことなく「狐」を連想させる。いや、ここが稲荷大社ということで、そんな印象を持ってしまったのか。

そんなことを考えていた瀬口に向かってその女性は更に目を細めると、沈痛な面持《おもも》ちのまま、

「槢祈美子です」

と自己紹介した。

＊

伏見稲荷大社は、流れるように壮麗な「稲荷造り」の本殿と、その背後に延々と連なる朱色《あけいろ》の「千本鳥居」で名高い。

しかしこの大社は、あくまでも稲荷山――京都・東山三十六峰の最南端に位置する標高二百三十三メートルの山――が主であり、信仰の本質なのだ。元治《げんじ》元年（一八六四）に刊行された『花洛名勝図会《からくめいしょうずえ》』に「三ケ峰麓《みつがみねのふもと》 稲荷社《いなりのやしろ》」とあるのも、三ケ峰をメインに据えていることが見て取れる。そしてそれには、稲荷大社の創祀《そうし》が関係している。

『山城国風土記《やましろのくにふどき》』逸文《いつぶん》によれば、山城地方に富み栄えた秦氏《はたうじ》の長である伊侶具《いろぐ》が、ある時、餅を的に見立てて弓を射た。すると、射られた餅は白鳥と化して、山の頂上に飛び去って行ってしまった。それを追って行くと、白鳥が降り立った場所に稲が生じ

ていた。その奇瑞を目にした伊侶具が、三柱の神を稲荷山の三ケ峰に祀ったのを、稲荷大社の始まりとしている。

　この日が、和銅四年（七一一）二月初午《はつうま》の日のこととされているため、現在でもその日には、全国各地の稲荷神社で例大祭が執《と》り行われている。

　つまり稲荷山は、もともと神の山、神奈備《かんなび》なのだ。

　ゆえに、折口信夫《おりくちしのぶ》の流れを引く岡野弘彦《おかのひろひこ》は言う。

「稲荷信仰の真のすがたを知るためには、ぜひ『お山めぐり』をする必要がある。（中略）拝殿と本殿を拝むが、実はここは稲荷山の入口のようなもので、鬱蒼《うっそう》とした森の奥に稲荷信仰の核になる三つの峰がつづいている」――と。

　その、一ノ峰、二ノ峰、三ノ峰、そして荒神峰《こうじんがみね》の四つの峰からなっている山頂の巡拝は、一周およそ四キロメートル。本殿から千本鳥居をくぐって奥社奉拝所を参拝しても、所要時間は二時間ほどだ。奉拝所――奥の院から熊鷹《くまたか》社を過ぎ、京都市街を一望できる四ツ辻で田中《たなか》社に参拝し、眼力《がんりき》社、七神蹟《ななしんせき》の一つ御膳谷《ごぜんだに》奉拝所などを過ぎて、薬力《やくりき》社、長者《ちょうじゃ》社から、山頂の一ノ峰まで登る。そのまま、二ノ峰、間《あい》ノ峰《みね》、三ノ峰を経て下り、四ツ辻へと戻る。巡拝は、この時計回りが正式とされているが、逆回りの方が、多少楽だともいわれている。

　峰々の祭神は、本殿の祭神と同じで、

「一ノ峰（上社）」は、末広大神《すえひろのおおかみ》。つまり、大宮能売大神《おおみやのめおおかみ》（天宇受売命《あめのうずめのみこと》）。

「二ノ峰（中社）」は、青木大神《あおきおおかみ》。つまり、佐田彦大神《さたひこおおかみ》（猿田彦大神《さるたひこおおかみ》）。

「三ノ峰（下社）」白菊大神《しらぎくおおかみ》。つまり、宇迦之御魂大神《うかのみたまおおかみ》（倉稲魂神《うかのみたまのかみ》）。

四ツ辻の「田中社」は、賀茂建角身命《かもたけつぬみのみこと》（大己貴神《おおなむちのかみ》）が祀られており、それぞれの祠《ほこら》の周りを、何重にも取り囲むように、小さな朱色の鳥居を飾った石の塚が建てられている。

そして現在、稲荷山内に築かれている塚の数は、一万基を超えるだろうともいわれている。大社の記録によれば、明治三十五年には六百三十三基であったものが、昭和七年には二千二百五十四基になり、更に昭和四十二年には七千七百六十二基と急増しているのだが、その理由に関しては定かでない。

ただ、これらの塚に関して先の岡野弘彦は、

「このすがた、この祠《ほこら》のたたずまい、このざわめきは、他の神社には見られないものである。それは一見、乱雑にも粗雑にも見える。しかし、本来、信仰とか宗教というものは、こういう得体の知れないような、統一のないエネルギッシュな面をかならず一つ二つはもっているものである」

と言っている。おそらくそれは、

「これらの山頂、峰には古墳が築かれており、古くから祖霊の山として信仰されてい

たことがうかがわれる」

という、田村善次郎《たむらぜんじろう》の話と、決して無関係ではないだろう。この稲荷山には、底知れぬ歴史と、無数の人々の祈りが蓄積されているのだ。

祈美子の実家の榕家も、その三ノ峰近くの場所に「お塚」を奉納している。苔《こけ》むした古い小さな塚だが、祈美子は毎月のようにお参りしていた。

そして今こそ、その塚にお参りしなくてはならない。つい先ほど刑事たちの事情聴取を終えて、社務所を出たばかりの祈美子は、強くそう感じた。

この大社の「気」が間違いなく大きく揺らいでいるのだ。

その理由は全く分からない。あの、千本鳥居での殺人事件もそうだが、ひょっとすると祈美子たちの想像を超える「何か」が、ここで起こっているのかも知れない。

そうだとすれば、お山は大丈夫だろうか。

何はともあれ、塚にお参りしなくては。

祈美子の胸は、得体の知れない不吉な予感で張り裂けそうだった。

そこで、

「あの……」祈美子は、隣に立っている光昭に呼びかけた。「私、これからお山に登ってみます。凄く胸騒ぎがするから」

「今から？」

「はい」

「そう……」

光昭は、一瞬考えてから言った。

「じゃあ、ぼくも一緒に行こう」

「こちらは、大丈夫なんですか」

「父さんや伯父さんたちも、こちらに向かっているようだから、当面ぼくのする仕事はない。それに、こんな状況で祈美ちゃん一人をお山に行かせるのは心配だ」

「ありがとう」

「府警の人たちがたくさん入っているようだから、少し騒がしいだろうけどね。それと、千本鳥居は通行止め、奥社奉拝所は立ち入り禁止だと刑事が言っていた」

「十石橋《じっこくばし》からまわりましょう。とにかく、塚にお参りしたいんです」

本殿を過ぎたら千本鳥居に向かわず、突き当たり正面の玉山《たまやま》稲荷社の前の道を左に折れたら、そのまま十石橋を渡って、直接熊鷹社を目指して行くルートを取るということだ。

「分かった」

と頷く光昭を見つめて、

「その後」と祈美子は言う。「できれば、お山を一回りしたいの。正式なルートとは逆回りになってしまうけど」

「こんな時だから構わないさ」光昭は首肯する。「といっても、どっちが正式なのか、本当は分からないらしいし」

「じゃあ」と祈美子は光昭の腕を取った。「すぐに行きましょう」

確かに、と光昭は苦笑する。

「急いだ方が良いだろうな。もしかして、お山でも何かあったら、全山立ち入り禁止になってしまうかも知れないから。それに、さっきから遠くで雷が鳴っている」

二人は空を見上げた。確かに怪しい雲行きだ。いつ雨が降り出してもおかしくはない。そして時折、厚い雲の遥《はる》か向こうで、微かに稲光が見える。いくら稲荷神と雷は仲が良いといっても、さすがにお山で雷に遭いたくはない。

「そうですね」

祈美子は真剣な顔つきで頷き、まず本殿裏の奥宮脇に鎮座している、お山巡拝者守護の神狐「阿古町」が祀られている「白狐社」へと向かった。そして、

〝よろしくお願いします〟

心の中で強く祈る。

そして二人は、Uターンするように参道を戻ると、急ぎ足で十石橋を目指した。

＊

夜。

静かな闇。

しかし、漆黒の空間ではない。

柔らかで優しい艶《つや》やかな暗黒。

ここは、そんな場所。黒いビロードの時。

この闇に包まれているだけで、幸せになれる。

今まで何度も足を運んでいるのに、こんな気持ちになったのは初めてだ。きっと自分は、一つ上のステージに進んだのだ。

磯笛《いそぶえ》は、そう実感した。

だが、その代償も大きかった。

最愛の「娘」を亡くし、何人もの仲間を欠き、
そして今回、自らの左眼を失ってしまった。

いや、正確に言えば、左眼は喪失したわけではない。今まで同様、きちんと同じ場所にある。しかし、使う権利を持ち去られてしまったのだ。だから磯笛にとっては、

ただの飾り。義眼と同じだ。今夜は月も叢雲《むらくも》に隠れ、ほんの微かな明かりが、磯笛の白い横顔を艶《なま》めかしく照らしている。

夜の涼やかな風が通り、艶やかな髪をふわりと揺らすと、掻《か》き上げられた前髪の間から黒い眼帯が覗《のぞ》いた。透き通るような色白の顔に、ポッカリと空いた小さな闇。磯笛は、眼帯にそっと触れる。そして、自分の物でありながら同時に自分の物ではない左眼を、ほっそりとした指の下に感じた。

磯笛は思い出す。

あの時――。

奈良、大神《おおみわ》神社の鎮女《しずめ》池に、不覚にも落ちてしまった。あの池はその名の通り、女性が落ちると二度と再び浮かび上がれないという池だ。

さすがの磯笛も、死を覚悟した。

しかし、ゴボリと水を飲んで気が遠くなって行った時、耳元で声が聞こえたような気がした。死ぬ寸前の幻聴だ。だから、自分は死ぬのだなと確信した。その証拠に、暗い池の底だというのに、目の前がボンヤリと明るくなったのだ。

ところが再び、女性の澄んだ声が耳元で響いた。それと同時に、フッと体が軽くなり、息苦しさも消失してゆく。その声は言う。

〝おまえは、何者だ？〟

ハッと磯笛は我に返った。そこで、

「磯笛……」と答えた。「高村皇《たかむらすめろぎ》さまの部下……」

息苦しくもなく返答できた。それに驚いていると、更にその声は尋ねてくる。

〝高村皇……。耳にしたことがある名前だが、おまえは、その男の眷属というわけだな〟

「はい」

〝しかし、人ではないな。狐か〟

「そのようなもの……」

〝狐が、なぜそこに「玉」を持っている〟

あっ、と磯笛は思い当たった。

そうだ。自分は「道反玉《ちがえしのたま》」を持っている！

物部氏《もののべ》の始祖である、饒速日命《にぎはやひのみこと》が天降った時に手にしていた「十種の神宝《とくさかんだから》」の一つを、自分は持っているではないか。「死人《しにびと》も返生《よみがえ》」らせると『先代旧事本紀《せんだいくじほんぎ》』にもある、神宝の一つ——「道反玉」を！

磯笛は、急いで自分の体をまさぐった。そして、首にかけていた「道反玉」を取り出すと、目の前にゆらゆらと揺れる光の波を見つめて問いかける。

「もしかして……あなたは、鎮女様でありますか」

すると、光が大きく揺れ、激しい波動が磯笛の体を呑《の》み込んだ。声は言う。

「そうだ。私はこの池の祭神、市杵《いちき》嶋姫《しまひめ》様の部下、鎮女。姫様より、この池の全てを任されておる」

「そうであれば！」磯笛は玉を手に懇願した。この池の主ならば、助けてくれることも可能なはず。「どうか私めを、地上にお戻しください」

「命を救えということか」

「はいっ。なにとぞ！」

しかし鎮女は、静かに尋ね返してきた。

「救ってどうする？　いずれ死ぬる身ではないか」

「し、しかし、まだ私には、やらねばならないことがあるのです！」

「だが、そもそもおまえは、この大神神社の神域を乱そうとしたのではなかったか」

「それも、正当な理由があってのこと！」

「その理由とは何だ？」

鎮女の問いかけに、磯笛は必死に説明した。

現在、自分たちが行おうとしていることを。そして、高村皇の本当の目的を、細かく丁寧に伝えた。すると――。

「なるほど」鎮女は、多分微笑んだ。「そういうことであれば、市杵嶋姫様たちも喜ばれるであろう」

「ならば、ぜひにお願いします！」

「しかし……。ここは鎮女池。おまえが『道反玉』一つ手にしていたところで、浮かび上がらせるわけにはいかぬ」

「そこを何とか！」磯笛に、上下左右の感覚はなくなっていたが、必死に伏し拝んだ。「鎮女さまっ。なにとぞ、お願い申し上げ奉ります」

するとややあって鎮女の声が聞こえた。

「おまえは、狐だと言ったな」

「はい」

「それでは、吒枳尼《だきに》に頼んだらどうか」

「えっ」

「彼女に誓えば、この池からも出られよう」

「それは……」

磯笛は心臓をつかまれたように息苦しくなる。

吒枳尼天——。

閻魔《えんま》天や大黒天、あるいはその妃《きさき》であるカーリー女神の眷属とされ、愛欲や煩悩を司《つかさど》る愛染明王《あいぜんみょうおう》の前身であり、人の死を六ヵ月前に知ることができる神。「荼枳尼」「拏吉尼」とも表記され、インドでは大黒天——シヴァ神の眷属とされている。そしてこの神に誓えば、おのれの願望を思いのままに実現することができるという。

というのも、吒枳尼天の別名は「真陀摩尼珠《しんだまにしゅ》」。つまり、万能の神宝「如意宝珠《にょいほうじゅ》」のことなのだ。実際にこの吒枳尼天に祈り、大望を叶えた関白藤原忠実《ふじわらのただざね》の話などが『古今著聞集《ここんちょもんじゅう》』にも見えるし、後醍醐《ごだいご》天皇も自ら、吒枳尼天の修法《ずほう》を行った。

但し。

その効験《こうげん》は無辺絶大であるが、その代償として、死後、自らの魂を捧げなければならない。というのも、吒枳尼は人間の人黄《にんおう》——頭部であり心臓であり、あるいは煩悩の全て、つまり「魂」を食らって生きているからである。

磯笛は、逡巡《しゅんじゅん》した。

しかしこのままでは、永遠にこの池の底だ。生きていようが死んでいようが、ここから抜け出す術《すべ》はない。地上に帰れる可能性は、ゼロだ。

また、鎮女の仕えている市杵嶋姫命は宇賀神《うかじん》であり、同時に弁才天《べんざいてん》。つまり、稲荷神や吒枳尼天、そして「狐」と同族の神だ。信頼が置ける。おそらく鎮女も、磯笛が「狐」であったために提案してくれたのだろう。しかも「道反玉」を持っていた。そうでなければ、否も応もなく永久に池の底だ。

それならば――。

「承知しました」磯笛は、心を決めて頭《こうべ》を垂れた。「そのように、お計《はか》らいください」

そうか、と鎮女は言う。

「吒枳尼の真言を知っているか」

「はい」

「では、唱えよ。すぐに彼女を呼ぶ」

はっ、と答えて磯笛は「片手に人の血を受けてすする形」ともいわれる「吒枳尼天印」を結んだ。そして目を閉じると、真言を一心に唱えた。

〝オン・キリ・ダキニ・ソワカ。
オン・ダキニ・アイシャハラ・ソワカ。
オン・ダキニ・キリキカソウタカ・ソワカ。

日には烏《からす》、月には菟《うさぎ》。
是《こ》れ、吒枳尼天也。
南無飯《い》綱《づな》大白狐《びゃっこ》
白山《はくさん》成就来向、ウン・ソワカ〟

何度も何度も唱えた。

すると突然、体全身を切り裂かれるような衝撃が走り、さすがの磯笛も大きな叫び声を上げた。頭の中が、心臓が、脾臓《ひぞう》が、子宮が、体を形作っている全ての細胞が千切れるような激しい痛みが走り抜けた。

その時、暗黒の中に二つ、赤く光る目を見たような気がした。それと同時に意識を失い、気がつけば、夜の鎮女池の縁《ふち》に横たわっていた。頰には、冷たい土の感触がある。這《は》うようにして、鎮女池の上に建つ社の前に移動する。そして磯笛は、改めてそこで、鎮女と吒枳尼天と直接言葉を交わした。

そして——。

今、ここにいるのだ。

磯笛は、眼帯にそっと触れた。左眼は、吒枳尼の物になってしまった。おそらく、この眼に吒枳尼が棲《す》みついているのだ。

闇から吹き込んでくる風に漆黒の髪をふわりとなびかせて、磯笛は、古いお堂へと向かう。上品で濃厚な伽羅《きやら》の香りが、少しずつ強くなり、やがて闇の中に小さなお堂が姿を現した。

磯笛は、古ぼけた廻り廊下に上がると、板の床を軋《きし》ませながら歩いた。そして和蠟《わろう》燭《そく》の山吹《やまぶき》色の光が漏れる入り口の前で、ぴたりと正座する。

同時に、

「磯笛か」

という高村皇の低い声が、お堂の中から響いた。

「はい」と磯笛は、床に額をこすりつける。「この度《たび》は、ご心配をおかけしました」

すると高村は、振り向きもせずに問いかける。

「おまえと一緒に見えるのは、何者だ」

はっ、と磯笛は答える。

「吒枳尼天」

「片目を失ったか」

「はい……。しかし、何の支障もございません」

「吒枳尼であるならば」高村は相変わらず冷静に言う。「おまえに頼みたいことがあるが、可能か」

はっ、と磯笛は答える。

「このような私めでも、その機会を与えてくださるのであれば、いかようなことも」

磯笛は、高村の広い背中に向かって深く平伏した。

2

雲が厚く垂れ込めた空の下、祈美子と光昭は足早に、朱塗りの欄干《らんかん》が緑に映える十石橋を渡り、熊鷹社を目指した。

しかし、いつもは空《す》いているこちらの道が、今日はやけに人出が多かった。千本鳥居の道が封鎖されているので、お山を目指す人たちが、全員このルートを取っているのだろう。といっても、今日は大勢の警官が動員され、立ち入り禁止にまではなっていないが、できれば自粛していただきたいということだったので、普段の千本鳥居の混雑に比べれば、その比でもない。

そして、お山といえば――。

以前に祈美子は、

「本殿に参拝し、稲荷信仰の霊地、稲荷山を巡拝するのが、稲荷詣での普通の形である。『お山をする』という言葉だけで、充分に意味は通じるし、平安時代の古典からも窺《うかが》うことができる。『蜻蛉《かげろう》日記』の著者、藤原道綱母《ふじわらのみちつな》は、夫婦生活の夢破れた心の苦悩を、稲荷神に祈ったが、彼女は本殿を参拝して、ここをお山の入り口と感じていた」

という文章を目にしたので、原典の『蜻蛉日記』に当たってみた。するとそこには、こうあった。

「まづ下《しも》の御社《みやしろ》に、

いちしるき山ぐちならばこゝながら

神のけしきをみせよとぞおもふ

――霊験あらたかな山の入口であるならば、この下の社でさっそく神の霊験を示していただきたいと思う。

中のに、

いなりやまおほくのとしぞこえにける

いのるしるしのすぎをたのみて

――長年稲荷山の「しるしの杉」、つまり稲荷社の杉を引いて自邸に植え、その栄枯で吉凶を占うという習俗に頼みをかけて、祈ってきたことだ。

はてのに、

神がみとのぼりくだりはわぶれどん（も）

まださかゆかぬこゝちこそすれ

——上中下の神に祈ろうとこの山を上り下りして疲れはてたが、まだ御利益はあらわれていないようだ」

この文章を目にして、祈美子は呆《あき》れ果ててしまった。

余りにも稲荷神に対して失礼、いや不敬ではないのか。それとも、当時の貴族の稲荷神に対する意識というのは、この程度のレベルだったのか……。

爽やかな音を立てて流れるせせらぎを左手に見ながら歩いて行くと、やがて熊鷹社へと続く長い石段が見えてきた。二人は、軽く息を切らしながら並んで登る。その途中でも、警官とすれ違った。おそらく彼らは、このお山全ての塚や鳥居をチェックするのだろう。実に大変なことだ。

石段を登り終えると、目の前の景色が開けた。

熊鷹社のある新池、「こだま池」前である。社の背後に広がる緑色の池は、拍手《かしわで》を打った際の響き方で人捜しができるという伝承がある。そして、稲荷山巡拝の中継地点ともいえる地に鎮座しているこの熊鷹社は、もともと稲荷山三ケ峰を遥拝する場所だったという。また、この社は前面に稲穂の注連縄《しめなわ》がかかっていることが特徴的で、特に水商売や勝負事のご利益があることで有名だ。

二人は軽く参拝して、すぐに三ツ辻へと向かう。朱色の鳥居のトンネルをくぐりながら石段と石畳の道を登り、衣食住を司るとも三ツの願い事を叶えてくれるともいわれる「三徳社」に挨拶をした。この、三ツ辻から四ツ辻までの約四百段の石段は、この三徳社にちなんで「三徳さんの石段」と呼ばれている。

清少納言の『枕草子』に「うらやましげなるもの」として、稲荷詣でをした話が書かれている。朝一番でお山を目指したものの、途中で歩けなくなってしまい、

「なにしに詣でつらむとまで、涙も落ちて」

と、泣きながら休んでいると、

「四十余《よ》ばかりなる女」

が、自分は「七度詣で」の途中であり、もう「三度」詣でた。あと「四度」だが大したことではない、と言い残して歩いて行ったとあるが、当時、清少納言がダウンした場所は、まさにこの辺りではないかともいわれている。おそらくその頃は、現在のようにきちんとした石段が整備されていなかっただろうし、休憩を取れる茶店の数も今ほど多くなかっただろうから、日頃歩き慣れていない貴族の女性に、この坂道は間違いなくきつかったに違いない。

それを証明するように、奥社奉拝所に次いで熊鷹社という遥拝所が用意されていることを思うと、間違いなく昔のお山巡拝は、現在とは段違いに厳しいものだったことが窺われる。現代に生まれた自分たちは、それだけでも幸せだとつくづく思う。

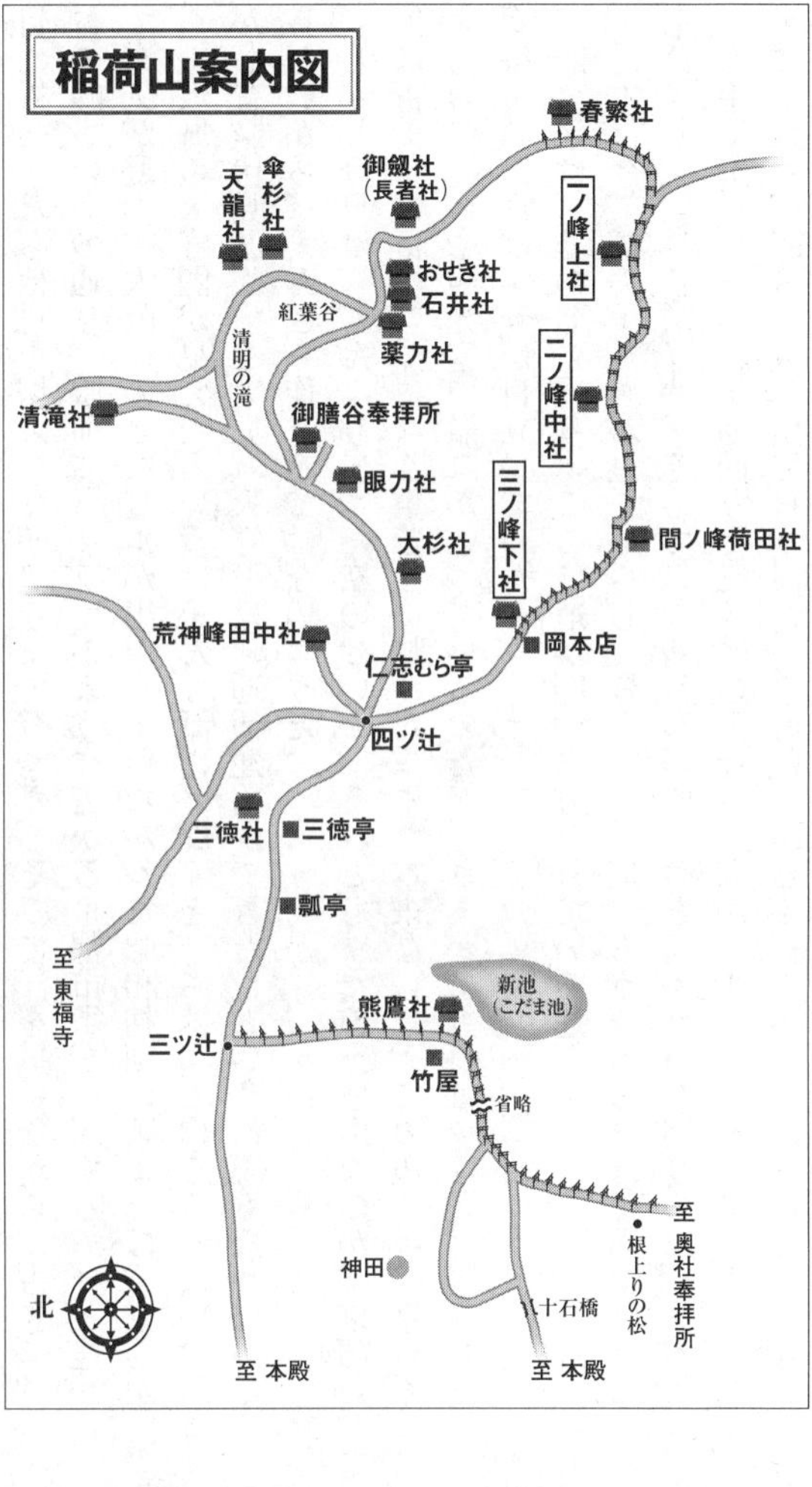
稲荷山案内図
春繁社
御劔社
（長者社）
傘杉社
天龍社
一ノ峰上社
おせき社
石井社
紅葉谷
薬力社
清明の滝
二ノ峰中社
清滝社
御膳谷奉拝所
眼力社
三ノ峰下社
間ノ峰荷田社
大杉社
荒神峰田中社
岡本店
仁志むら亭
四ツ辻
三徳社
三徳亭
瓢亭
至 東福寺
新池
（こだま池）
熊鷹社
三ツ辻
竹屋
省略
至 奥社奉拝所
根上りの松
神田
北
八十石橋
至 本殿
至 本殿

三徳社を過ぎると、右手には暗雲立ち籠める京都の街並みが広がり始め、それを横目に祈美子たちは息を切らせて四ッ辻まで登った。そこで汗を拭いながら、古名「見付《みつけ》の峰」の名の通り、眼前にパノラマのように広がる京都市街を一望する。今と違って空気が澄み、大阪に大きなビルが出現していなかった昭和初期の頃までは、ここから大坂城の天守閣が見えたという。そんな話だけ聞くと、ちょっと信じられない。しかし昔「伏見城天守と大坂城天守とは、通信連絡ができた」という伝説も残っているらしいから、まんざら作り話ではないようだ。

しかし今日は、どんより曇った空のせいか、それともまた違う理由なのか、京都の街は祈美子の目にいつになく重苦しく映った。また本来ならば、この辺りは一息つく大勢の参拝客や観光客で溢《あふ》れかえっているのだが、さすがに今日は少ない。緊張した面持ちの警官ばかりが目立っていた。

四ツ辻は、その名の通り、ここで道が四つに分かれている辻だ。

一本は今、祈美子たちが息を切らして登って来た道。もう一本はほぼ正面に延びる「大杉社」から「眼力社《がんりきしゃ》」、そして「御膳谷《ごぜんだに》奉拝所」へと向かう時計回りの道。三本目は右手に折れて、それと逆回りで三ノ峰の下社へと向かうルート。そして四本目は左手に折れる、臨済宗大本山で日本最古の大伽藍《だいがらん》を誇る東福《とうふく》寺へと向かう道だ。ちなみに、この「東福寺」という名称は、奈良の「東大寺」と「興福寺」から一文字ずつ取ってつけられたのだという。

四ツ辻から左斜めに延びる八十余段の急な石段は、荒神峰「田中社」へと続いている。室町時代の能作者・能演者の金春禅竹《こんぱるぜんちく》がこの社に参拝した際には、坂道を「ヨジ上ッテ」行ったという。

田中社の主祭神は、大社本殿の最北座にも祀られている田中大神、または権太夫《ごんだゆう》大神、熊野《くまの》の八咫烏《やたがらす》ともいわれる賀茂建角身《かもたけつぬみ》尊であり、大己貴《おおなむち》神と同一神といわれている実に霊験あらたかな神である。毎年七月に執り行われる「本宮祭《もとみや》」では、百三十個余りの朱色の提灯が飾られた高さ八メートルにも及ぶ鳥居が立てられ、京都の夜空を美しく彩ることでも有名だ。

また、この田中社は『古今著聞集《ここんちよもんじゆう》』に、

「和泉式部、しのびて稲荷へ参りけるに、田中明神の程にて時雨のしけるに――」

という文言で始まる説話が載っている。これはどういう話かといえば、こっそり稲荷へ参詣した和泉式部が、田中社の辺りでにわか雨に遭って困っていた。すると、田を刈っていた童子が襖《あお》つまり、雨をしのぐ蓑の類いを貸してくれた。助かった式部たちが山を降りる頃には、空も晴れてきたので、襖を返して帰った。その翌日、大きな体の童子が式部の元へ手紙を持って来た。「あれは何者ぞ」と式部が問うと、昨日の童子だという。そして、「この手紙を差し上げます」と言って置いた。式部がそれを

見ると、
時雨する稲荷の山のもみぢ葉は
青かりしより思ひそめてき
――時雨に色深く染まった稲荷山のもみじ葉、それではないが、まだ青（襖）い色であった以前から、私はあなたを思い染めていました。
とあった。式部はしみじみとあわれを感じて「おくへ」と呼び入れて逢《あ》ってやったということだ――云々、とある。
「おそらくこの童（中略）は、稲荷の田中の社の神で、和泉式部に求婚の歌を贈って逢いをとげた神婚譚というべき話だろう」といわれている。冷静に読み返すと、少し納得できない部分もあるが、恋多き歌人・和泉式部ならではのエピソードではある。
祈美子は、そんなことを思い出しながら、まず三ノ峰へ向かうため、四ツ辻に建つ創業百五十年という茶店「仁志《にし》むら亭」の脇から続く石段を登り始めた。
この先にある三ノ峰「下社」は「白菊社《しらぎく》」とも呼ばれる。祭神の白菊大神は、伏見稲荷大社の主祭神である宇迦之御魂《うかのみたま》大神である。
遠い昔は、このお山にもいくつか社が建っていたそうなのだが、応仁元年（一四六七）に勃発した応仁の乱によって、全て焼失してしまったという。天王山《てんのうざん》と、ここ稲荷山が京都盆地の出入り口になるとはいえ、これほど山深い場所にまで被害が及んだというのだから、戦いの凄惨さが実感できる。

神蹟《しんせき》の下までたどり着くと、二人は十段余りの石段を登ってお参りする。

こちらの神蹟は、親塚と呼ばれる基台の上に、神名や社名が刻まれた大きな自然石が載っており、前面には石造りの鳥居が立ち、両脇を狛犬《こまいぬ》代わりの二匹の石の狐が護る。更に、その神蹟を何重にも取り囲むように無数の小ぶりの塚や、朱塗りや石の鳥居が立っている。おそらくここに初めて参拝する人たちの目には、とても異様な光景に映るだろう。だがここが、伏見稲荷の中心であり、主祭神が鎮座されているといわれている場所なのである。以前には、この地から変形四獣鏡《へんけいしじゅうきょう》が発掘されて話題になった。それほどの昔から、どなたかがおわすのだ。そして実に乱雑、しかし厳粛な神域なのである。

祈美子たちは二人揃《そろ》って、丁寧にお参りした。

お参りを済ませて戻って来る正面の茶店の軒下に、歌舞伎の坂東家《ばんどうけ》代々の名前が白く染め抜かれた、柿渋色の暖簾《のれん》が風に揺れていた。坂東家はずっと宇迦之御魂大神を信奉しているのか。今までは何とも思わず眺めていたが、今日は何となく不思議に思える。

しかし、そういえば江戸の芝居小屋には、どこも必ず楽屋口に稲荷が祀られていたと聞いた。そしてそれらは今でも、歌舞伎座、新橋演舞場、明治座、そして国立劇場の近くにまで祀られているという。なぜ、稲荷がそれほどまでに歌舞伎関係者に信仰されてきたのだろう。これも謎だ……。

祈美子は再び山道に戻り、光昭と共に先を急ぐ。

続いて「間《あい》ノ峰」の荷田《かだ》社だ。稲荷神を最初に祀った秦氏《はたうじ》や、荷田氏の流れを汲《く》む神蹟である。その理由やいわれは謎だが、別名を伊勢《いせ》社とも呼ばれている。

本来の「稲荷鳥居」は、柱の頭部に台輪が載っている。しかし現在ではそれが省略されて、ごく普通の明神鳥居となっている場合が多い。ところが、ここは少し変わっていて、貫と島木《しまぎ》の間、正面の額束の辺りに破風《はふ》——扠首束《さすつか》を入れた、非常に珍しい石造りの「奴禰《ぬね》鳥居」が立っている。その荷田社と三ノ峰の間、道の両脇に無数の塚が建っている。その中に、榁家が奉納した塚があるのだ。

祈美子は足を速めた。

やがて、苔むした小さな塚に到達すると、二人は並んでお参りする。塚の前面には、高さ五十センチほどと小さいが、きちんと朱塗りの鳥居が数基立ち、塚の前面には「白狐神《びゃっこ》」と刻まれている。榁家が信仰してきている神だ。おそらく最前の「白狐社」とも何か関係があるのかも知れないが、その詳しい点に関しては祈美子も分からなかった。但し、この白狐神を祀っている人々全員が狐筋ということでは決してない。たまたまなのか、それとも榁家だからなのかは知るよしもなかったが、祈美子の家では代々この「白狐神」を祀っている。

「どうだい？」

お参りが済むと、光昭が祈美子に尋ねてきた。

全面的にとは言わないものの、光昭は祈美子の持っている霊感を、ある程度は信じているらしい。ただ、祈美子のそういった能力が、どれ程高いのかということは、もちろん分かっていない。祈美子が全てを光昭に告げていないこともあるが、そもそも祈美子自身、きちんと自らを分析できていないのだ。だから、いくらフィアンセとはいえ他人の光昭が把握しているはずもなかった。彼は、ただ漠然と何かを感じているだけなのだろう……。

はい、と祈美子は光昭の言葉に首肯した。

「『気』が大きく歪んでいるのは、確かです。まさか、稲荷神そのものが鳴動しているわけではないと思うけれど、かなり不穏だわ。塚を護っている狐たちも、みんなざわついている」

「何か、不吉な出来事が起こっているというの？」

「おそらく、そういうことでしょう」

「それは、太市さんたちの事件に絡んでかな」

「まだ、そこまでは何とも……」

「そうか」光昭は顔をしかめた。「どうしようか。このままお山をまわる？」

「その前に、光昭さん」祈美子は尋ねた。「ここまで来る途中で、ふと思ったんです。さっきの三ノ峰で」

「三ノ峰がどうした？」

「あそこに祀られているのは、白菊大神——宇迦之御魂《うかのみたま》大神でしょう。つまり、稲荷大社の主祭神。でも、どうしてその主祭神が『三ノ峰』——下社なんでしょう？　常識的に考えたら、主祭神は一番高い場所に祀られるんじゃないですか」

「そう言われれば……」虚を突かれた光昭は口籠もる。「確かに、そうだね」

「あるいは、大社本殿のように中央に鎮座しているなら、まだ分かりますけど」

「ああ……」

光昭は素直に首肯した。

本殿では、このお山とは違って、上社の大宮能《おおみやの》売《め》大神（天宇受《あめのうず》売《め》命）と、中社の佐《さ》田《た》彦《ひこ》大神（猿田《さるた》彦《ひこ》命）に挟まれるようにして、中央の座に宇迦之御魂大神が祀られている。この宇迦之御魂大神こそが「稲荷神」であるというのだから、この配座は当然だ。むしろ、肝心のお山の方がおかしい。

「確かにぼくも、その理由は聞いたことがないな」光昭は首を捻る。「長い間に、祭神が入れ代わってしまったんだろうかね。でも、そんな疑問は、あの『稲荷史六つの謎』にもなかったはずだ」

それは、民俗学者・山上伊豆母《やまがみいずも》が提示した、稲荷に関するいくつかの謎だ。祈美子もそれらを思い返してみたが、秦氏云々《うんぬん》という話はあったものの、今の疑問は提示されていなかった。特に疑問でもないのだろうか。だが、それにしても変ではないか。その場にいる最も偉い中心人物を、下座に座らせておくなんて……。

ひょっとすると稲荷神の秘めている謎は、自分たちが考えているよりも遥かに奥が深いのかも知れない。

でも、と光昭は祈美子を見る。

「どうして、また急にそんなことを？」

「分かりません」祈美子は首を振る。「突然、思ったんです。私も、生まれた時からずっと見慣れていたから、今まで気にも留めていなかったのに……。今回、あんな事件が起こったり、大社の『気』が揺らいで波打ったりしているから、その影響かも知れません。何かが、私の気持ちを突き動かしているのかも」

狐が——という言葉を呑み込んだ。

「そうかも知れないな」

その回答に光昭が素直に頷いた時、再び遠くの空に稲光が走り、続いて微かに、ゴロゴロ……という不穏な音が響いてきた。

「だから」祈美子は見上げる。「私やっぱり、このままお山をまわります。ここまで来ているし、逆のルートでも構いません」

その言葉に光昭は、空を見上げた。今、ポツリと雨が落ちてきたような気がしたからだ。二人は、雨具の用意をして来ていない。山中で雷雨に襲われたら、面倒なことになる。しかし、

「分かった」光昭は微笑んだ。「ぼくも、つき合おう。ここからなら、三十分もあれば四ツ辻まで戻れる。万が一途中で降られてしまったら、近くの茶店に逃げ込むとしよう。じゃあ、行こうか」

「ありがとう」

祈美子は礼を言う。

そして二人並んで、荷田社から二ノ峰を目指したのだが——。

実を言うと、先ほどから祈美子は、自分がどことなく不吉な空気に包まれているのを感じていた。それは京都の街や、ここ稲荷山から伝わってくるものだとばかり思っていたのだが、今その確かな理由が判明した。それは、

〝いつもの光昭さんじゃない……〟

日焼けした凜々《りり》しい横顔を見つめながら、祈美子は、心の中で呟《つぶや》く。こうして身近で直接会話を交わしてみて、はっきりした。明らかに、普段とは違う。

どうしたのだろう。改めて見ても、態度が何となくぎくしゃくしていて不自然だ。

〝まさか、私に隠し事でも……？〟

祈美子の首筋が寒くなり、両腕に軽く鳥肌が立つ。

もしも、光昭が嘘を吐いているとすれば、それは何？

言うまでもなく、澤村太市の事件に関してか。

あの事件で、何かもっと知っていることでもあるのか。

ひょっとして、関わり合っている？

でも、まさかそんなことが……。

ただ、そう考えるのには大きな理由がある。実は、光昭と太市は犬猿の仲といえるほど、いやそれ以上に仲が悪かったのだ。

「この頃は、顔を合わせる度に口論になる」

と光昭自身も、苦笑しながら祈美子に言っていた。この間は、つかみ合いの喧嘩《けんか》になりそうなほどだったと。

もちろん、そんな話は先ほどの刑事たちには伝えていない。あえて口に出すようなことでもない。但し……他の伯父たちの口から漏れてしまう可能性はあるが、それは仕方ない。親戚の間では、それほど有名な話だったのだから。

でも、どちらにしても今回の事件とは無関係なはず。祈美子は俯《うつむ》きながら、歩を進める。機会があれば、このお山巡りのどこかで、それとなくそんな話題を出してみよう。もしもその時、光昭が嘘を口にしたりすれば、すぐに分かるから。

祈美子はそんなことを思いながら、長く続く石段を登った。

＊

京都に住んで、もうどれくらいになるだろう。

加藤裕香は、遅い昼休みに捜査一課の自分の机で、伏見稲荷大社のパンフレットを広げながら思った。

小学生の時に家族で越して来たから、もう二十年近くになるはずなのに、事件現場である稲荷大社に関して、殆《ほとん》ど知らなかったことに今気づいた。現在自分が暮らしている街のことなのだから、せめてもう少し知っておこう。そう思って、パンフレットや冊子をいくつか入手してきたのだ。しかし、いくら昼休みだといっても、こんなところを瀬口に見られたらきっと、

「今は、捜査以外の余計なことを考えるんじゃない」

と苦い顔をされるだろう。だが今回は、稲荷に関して勉強することも必要なのではないかと、漠然と感じている。

貴船の事件でも、そうだったではないか。あれは、目に見えている以外の「何か」が関与していたと思う。これも、瀬口には「バカなことを！」と言われるに決まっているが、裕香は今でもそう確信している。だから、稲荷について少しでも知っておこうと思い立ち、こうしてパンフレットに目を落としている。

たとえば——。

稲荷大社の大きな朱色の鳥居をくぐって、まず最初に目に飛び込んでくるのは、入《いり》母屋造《もやづく》り二層の壮麗な楼門。これは、桃山時代の様式で、天正十六年（一五八八）に、豊臣秀吉が母の病気平癒《へいゆ》を祈願した時の、御祈禱《ごきとう》料一万石によって建てられた物だそうだ。

その祈願文には、あらゆる医者に見放されてしまった秀吉が、稲荷神に向かい「母の生命を三年、だめなら二年、それでもだめなら三十日の延命」を願ったとある。その結果、秀吉の母は四年後の、文禄《ぶんろく》元年（一五九二）七月まで永らえた。まさに、稲荷神の霊験あらたかなことを証明する伝説だ。ちなみに当時の一万石は、現在の金額に換算して、約一億円にもなるという。

ところが、その三年後の文禄四年（一五九五）、秀吉は日本国中の狐狩りを命じようとする。というのも、備前中納言内室、つまり前田《まえだ》利家《としいえ》の四女で秀吉が養女にしていた豪姫《ごうひめ》が産後に病気に罹り、その病中に狐が憑いてしまったからだ。豪姫は、実子に余り恵まれなかった秀吉のもとで、幼い頃から養育されてきた。だから、秀吉の愛情が異常に大きかった。そこで彼は、伏見稲荷に「脅し」をかけたのだという。豪姫を元通りにしないならば、全国の狐を殺し尽くすと。

結局この時は、幸いにも狐狩りは実行されなかったが、翌年、秀吉の築いた伏見城は地震で倒壊してしまった。偶然とは思うが、これも何か稲荷神と関係があるのではないか、と疑ってしまう。

それにしても……。

裕香は、パンフレットをめくりながら、ふと思う。

どうして稲荷神と狐は、こうまで縁が深いのだろう。

今でこそ「稲荷といえば狐」と当たり前のようになっているが、何か理由があるのだろうか？　今の楼門にしてもそうだ。門の左右脇には、それぞれ「宝珠」と「鍵」をくわえた、立派な青銅の狐の像が二体建てられている。稲荷大社に足を運んだ我々は、まず狛犬代わりの狐に迎えられるというわけだ。

それに関して、また違う冊子には、山上伊豆母という人の話を引いて、こんなことが書かれていた。

「大陸渡来の秦氏が山城平野を開拓するに際して、霊性をもった狼（または山犬）や狐に接し、それを馴化《じゅんか》していった記憶が神話化した」ために「やがて狼がしだいに絶滅したあとに、稲の害獣である鼠の、天敵の狐のみが稲作の益獣として、象徴化されていったもの」――なのだという。

そういうことなのかも知れない。

でも、本当にそれだけなのだろうか。他の説明文を読んでも、昔からそうだというだけで、詳しくは書かれていない。

裕香は、時計を見た。

今、別件で席を外している瀬口が戻って来るまで、まだ二、三十分はありそうだ。そして今は、自分の休憩時間。裕香はパソコンを開く。そして、稲荷と狐に関して調べ始めた。一度気になり出すと、止まらなくなってしまうのが悪い癖なのだが、これぱかりは生まれつきだから仕方ない。でも誰だって、首筋に落ちてしまった一本の髪の毛は気になるだろう。それと一緒だ。

そう思いながらパソコンを眺めていると、先ほど名前を目にした山上伊豆母という人が提示したという「稲荷史六つの謎」という題名の文章が目に飛び込んできた。職業柄というわけではないが、思わず「謎」というキーワードに引っかかる。そこで裕香は、急いでそのページを開く。するとそこには、こうあった。

「稲荷史六つの謎」

一、農耕龍雷神
二、穀霊白鳥
三、稲荷神と御霊会《ごりようえ》
四、稲と杉
五、男神か女神か
六、キツネ神使

この六番目は、まさに裕香が考えていた点だったが、先ほどの論と同じことが書かれていた。

でも、何となく納得できない。

そこで裕香は、もどかしい気持ちを抱えたまま、山上の説明を読んだ。

一番目の「農耕龍雷神」というのは、稲荷は龍雷神なのではないかという説だ。稲荷山にある「お塚」は古来の「磐境《いわさか》」、つまり神の鎮座する場所であり、それに関して『日本書紀』などを見ても、山の精霊は「龍雷神」であることが理解されるのだという。また、上賀茂《かみがも》・下鴨《しもがも》神社と、松尾《まつのお》大社、そして伏見稲荷大社は『山城の三社』として崇められてきたが、この三社は全て「火雷《ほらい》神」であるのだという。この「稲荷神＝雷神」という説は有名らしい。

そして、二番目の「穀霊白鳥」というのは、稲荷大社の創祀に関わる伝説で、餅が白鳥となって飛んで行ったという話だった。

まあこれは、昔話だから、そんなこともあるだろうと裕香は思う。特に頭を悩ませる必要もないかも知れない。うろ覚えだが、確か日本武尊《やまとたけるのみこと》も、死後に白鳥になったのではなかったか。いわゆる、お伽話《とぎばなし》の類いの伝説だろう。

三番目の「稲荷神と御霊会」だが、これは少し驚いた。というのも、稲荷神は「荒《あら》神《がみ》」でもないのに、その祭は「御霊会」と呼ばれたというのだ。つまり、稲荷神は怨霊ということになる。但し山上は、稲荷神を「怨霊」とは呼んでおらず、どうして稲荷の祭が「御霊会」と呼ばれたのかは謎だとしていた。

これに関しては裕香も、お稲荷さまは何でも言うことを聞いてくれるけれど、その願いが叶った後のお礼参りをきちんとしないと罰が当たる、しかも命に関わるような大きな神罰が下る、という話は聞いたことがある。だから、子供の頃から「お稲荷さまは恐い」と思っていた。それに、今思い返してみても、実際に稲荷神社にいる狐たちは、恐ろしい顔つきでこちらを睨んでいる割合が多かったような気がする。

しかし、稲荷は決して「荒神」ではないのだという。

一体、どういうことなのだろう。なぜ、ごく普通の神様が「御霊」として扱われているのか……？

四番目の「稲と杉」というのは、稲荷大神が鎮座されたといわれている「二月、初《はつ》午《うま》」の日に執り行われる「初午大祭」で、参列した信者たちが「しるしの杉」という、杉の小枝で作られた御符を拝受することができる。だが、どうして「杉」の御符なのだろうかという疑問だ。これに関しては、もともとは稲荷を象徴する「稲穂」だったものが、時代を下るにつれて「杉」になったのではないかとあった。

裕香も、そんなところだろうと思う。大抵こういった物は、時代と共に変遷してゆく。最初は本物を使っていたが、時代と共に何らかの理由で、代用品やレプリカとなって行ったというわけだ。

五番目の「男神か女神か」というのは、稲荷大社の祭神に関しての疑問だ。現在の主祭神は、もちろん宇迦之御魂《うかのみたま》大神。女性神だ。後の九世紀に、佐田彦《さたひこ》大神と、大宮《おおみや》能売《のめ》大神が加わり、更に十二世紀には残りの神々が加わったため男女神混淆《こんこう》となった、更に原始宗教においては、男女の巫女（正確には「女巫と男覡《おとこみこ》」）が交替し、性の変身を繰り返していたため、男神・女神といえなくなったのだと書いてあった。

しかしこれは、裕香にしてみればどちらでも良い話だった。祭神が男神と女神だと、何か大きく変わってしまうものなのだろうか。それに、男女神がペアで祀られている神社も数多くあるのではないか？

最後の六番目は、先ほどの「キツネ神使」である。

ということで、結局——。

良く分からなかった。

ただ、ここで確実に判明したのは、稲荷神には未だ解明し切れていない謎が余りにも多い、ということだけだ。その点だけは、良く理解できた。

裕香は、まだ釈然としないまま嘆息して違うページを開くと、今度は吉野《よしの》裕子《ひろこ》という人が提示した、稲荷に関する五つの謎というものがあった。そこには、

一、何故、穀物神と狐が結びつくのか。
二、何故、二月初午に祀られるのか。
三、何故、朱の鳥居なのか。
四、何故、油揚と小豆飯が供えられるのか。
五、何故、穀物神が商売・鋳物金属神《いものきんぞくしん》となるのか。

とあった。

しかし、裕香が次のページに移動しようとした時、瀬口が部屋に入って来た。裕香があわててパソコンを閉じると、

「どうだ、その後は」

挨拶もなくいきなり尋ねてくる。そこで裕香は、

「結局、殆ど解明できませんでした」

と無意識に答えてしまってから「あっ」と気づき、身を竦めた。瀬口は当然、今朝の事件について尋ねてきたのに、裕香の頭の中は稲荷の謎で一杯になっていた……。

しかし、

「そうだろうな」瀬口は大きく頷いて、自分のイスにドカリと腰を下ろした。「何しろ、四人がほぼ同時に殺害されたんだからな」

事件のことを答えたのだと、勝手に勘違いしてくれたらしい。そこで裕香は、ホッと胸を撫で下ろしながら、急いで事件の話に切り替える。

「し、しかし警部補。犠牲者の身元は四人全員、判明しました」

そう言って報告書を差し出すと、

「そうか」と瀬口は身を乗り出した。「じゃあ、検討してみよう」

「はい」

裕香は背すじを伸ばして答えると、稲荷大社のパンフレットと冊子を、そっと引き出しの中にしまった。

＊

祈美子と光昭は、並んで石畳の道を、そして石段を登る。

一旦下った山道も、すぐに登りになり、段々と傾斜もきつくなってくる。頂上へと近づいているのだ。しかも、空は徐々に暗くなって不穏さを増していた。辺りにも、殆ど人影はない。たまに警官とすれ違う程度だった。

そんな中を二人は、汗を拭いながら歩く。

それにしても――と、祈美子は改めて思った。

こうして眺めていても、お山には本当に色々な塚と鳥居、そして狐たちの像がある。特に狐たちは、石造りだったり陶製だったり、大きさもさまざまで表情も一つ一つ異なり、何度出会っても個性的で見飽きることはない。にこやかに微笑んでいるもの、恐ろしい顔つきで睨んでいるもの、あるいはニヤリと嗤《わら》っているもの等々。それぞれが、宝珠や巻物や鍵や稲穂をくわえ、背すじをピンと伸ばして座っている。

では、そもそも、どうして狐が稲荷神の眷属になったのか。

それには、こんな言い伝えがある。空海の弟子である真雅《しんが》僧正の著といわれる『稲荷大明神流記《るき》』だ。

弘仁《こうにん》年間（八一〇〜八二四）のこと。平安京の北、船岡山《ふなおか》の麓に、年老いた狐の夫婦が、五四の子狐と共に棲んでいた。夫は全身に銀の針を並べたような白い美しい毛並みと、密教の法具である五鈷杵《ごこしょ》の形の尾を持っていた。本文には、

「尾ノ端アカリテ、秘密ノ五古ヲサシハサメタルニ似リ」

とある。一方妻の狐は「鹿ノ首、狐ノ身アリ」つまり、鹿の頭だった。この老夫婦狐は心根が優しく、日頃から世のため人のために尽くしたいと願っていた。しかし卑しい狐のままでは、なかなか人の役に立つことができない。そこである日、夫婦は子狐と稲荷山に登って神前に自分たちの願いを訴え、そして祈った。

「願わくは稲荷神の眷属となって、御神威をお借りして願いを果たしたい」

すると、たちまち神壇が鳴動して、稲荷神の託宣が下った。なんと、彼らを神使とするというのだ。そして、夫狐は「小芋《おすすき》」、妻狐は「阿古町《あこまち》」という名を授けられた。喜んだ夫婦狐は早速、夫が稲荷山の上社、妻が下社に仕え、稲荷神を信仰する者の眼前に現れ、あるいはまた夢の中に姿を現して、その人々を厚く加護したという。その阿古町が祀られている先ほどの「白狐社」は、別名「命婦《みようぶ》社」とも呼ばれて平安時代から、篤く信仰されていた。そしてお山参詣の人々は、ここで白狐の加護を得て三ケ峰に登り、稲荷神の霊験を祈った。ちなみに「命婦」というのは、五位以上の女官、及び五位以上の官人の妻の称だ。前者を内命婦、後者を外命婦《げみようぶ》と呼んでいたが、

やがて稲荷神の使いの狐の異称となった。

ところが――。

この伝説だけでは「なぜ」狐が稲荷神の眷属となったのかという本当の理由は分からない。だからこれに関しては、稲荷神の使いである「御食津神《みけつ》」という名前に「三狐《こん》津神」という文字を当てたから狐になった、という説が有力らしい。民俗学者の近藤喜博《どうよしひろ》は、その説で「間違いなかろう」と認めている。

しかし、この話は逆なのではないかと祈美子は考えている。最初から「稲荷と狐」というイメージがあったため「け」に「狐」の文字を当てた、と考える方が自然な気がする。そしてそのまま「食＝稲＝田の神」となって行ったのではないか。

だがそうだとしても、やはり「稲荷と狐」の組み合わせがなぜどうして出来上がったのか、という謎が残ってしまうのだ。

吉野裕子は、陰陽五行説で狐は「土」であり「黄」の動物であるため、稲荷社で祀られるようになったという。一理あるかも知れないが、その理屈に当てはまる動物は他にもたくさんいるはずなので、それが狐を特定する理由にならない。その上「白狐」となると、また違ってくるだろう。この点に関して吉野は「土」は「金」を生むので、「狐」が「金＝白」になると説明する。だが、それならば最初から「金」を表している動物である「熊」でも「蛇」でも構わなかったのではないか？

結局、良く分からない。

ゆえに、民俗学者の田村善次郎も、「お稲荷さんといえば誰もが狐を思い浮かべるほどに、狐と稲荷は深い関係にあるのだが、狐が稲荷神の眷属となったのにはそれなりの理由があるのだろうが、実のところはよくわからない」「狐は、稲荷神のお使いとされている。それについては、物語的な話は伝わっているが、歴史的事実はない、といえば味も素っ気もない」と言っている。そこで田村は柳田国男の論を引いて、「狐は人おじしない挙動をする。出会ってもじっと立ち止まって人の顔を見たりして、いきなり隠れたりしない。そういう習性をもっているところから神の使いとみられやすい。また狐が里に降りてくる時期が、山の神と田の神が交替する時期と一致しているともいうのである」とつけ加え、更に、同じく民俗学者の岩井宏實《いわいひろみ》は「根本的には、狐を田の神の先触れとみたからであったろう」と述べているが、結局は田村の言うように「実のところはよくわからない」のだ。

いずれにしても狐を神使とする稲荷神は、空海の東寺造営に当たって鎮守とされたことで一気に階位が上がり、正一位《しょういちい》というめでたい地位を獲得したという歴史的事実に間違いはないのだから、それはそれで良いのか——。
祈美子は、苔むした狐の石像群を眺めながら歩く。そして、そんな狐たちのさまざまな表情を目にしているうちに、さっきまでのざわついていた心が少し落ち着いてくるのを感じた。不安はまだまだとても拭いきれないが、凍りつきそうだった気持ちが、ほんのわずかだけ和らいでいる。やはり自分はここが——狐たちに囲まれているこの場所が好きなのだ。お山を一周し終わったら、太市のことも光昭に色々と尋ねてみよう。きっと、狐たちも後押ししてくれるだろう。そんなことを思いながら、祈美子は歩を進めた。

やがて二ノ峰に到着すると、二人は「青木大神」佐田彦大神——猿田彦命にご挨拶する。猿田彦大神といえば「道案内の神」「道祖《どうそ》神《じん》」または「ミサキ」とも呼ばれる神だ。遥か遠い昔、瓊瓊杵《ににぎ》尊降臨の際に天の八衢《やちまた》で待ち受け、その後、先頭に立ってみなを導いた。容貌《ようぼう》魁偉《かいい》長軀《ちょうく》で、天狗《てんぐ》のモデルであるともいわれている神だ。

さすがにこの辺りは、参拝者の姿も少し多くなる。そして誰もが天候を気にかけながら、茶店などで一息ついていた。雨ガッパや傘の準備をしている人たちもいる。そんな参拝者たちを横目に、山道から石段を十数段登って、二ノ峰をお参りして再び山道に戻った。ここからは、緩やかだが長い上りの坂道が続く。いよいよ稲荷山頂上の一ノ峰だ。山を渡る風も、心なしか冷ややかだった。祈美子たちは、ひたすら先へと進んだ。

一ノ峰は、標高約二百三十三メートル。稲荷山の頂上に位置しており、拝所の向こうには「稲荷大神」「末鷹大神」などと刻まれた三つの岩に護られるようにして、何も文字の入っていない大きな岩が鎮座している。これが祭神の「末広大神」「鶴亀大神」である、大宮能売《おおみやのめ》大神。しかし、ここでまた先ほどの疑問が再び蘇《よみがえ》る。

なぜ、主祭神である宇迦之御魂大神が下社で、この大宮能売大神が上社に祀られているのか？

というのも、この大宮能売神は、もともと「宇迦之御魂大神を祀る巫女」だったといわれているからだ。その祭神よりも、神を祀る役目の巫女の方が上座に鎮座しているという理屈はあり得ない。

祈美子が、そんな話を光昭に向かってすると、

「本当にそうだね」光昭は真剣な顔つきで頷いた。「きみの言う通りだ。しかも、この大宮能売神は、天宇受売命《あめのうずめ》だともいわれているから、稲荷神とは直接の関係はない。それなのに、どうして稲荷山の頂上に鎮座しているんだろう」

天宇受売命というのはもちろん、二ノ峰に祀られている猿田彦命の妻神で、天照《あまてらす》大神《おおみかみ》が天岩屋戸《あまのいわやと》に隠れられて日本国中が闇に閉ざされてしまった時、岩戸の前で滑稽に踊って神々を笑わせた女神だ。その笑い声を不審に感じた天照大神が、岩戸を少し

だけ開いて外の様子を窺った。その結果、天手力男神《あめのたぢからお》に外に引き出され、国中に光が戻った。その功績のために、やがて天宇受売命は、猿楽や芸能の祖とも呼ばれるようになった。

その謎に関しては、と光昭が言った。

「麓に帰り着いたら、改めて調べてみよう。こんな天候だから、山の中で何が起きるか分からない。まず、この稲荷山に集中して」

「そうですね……」祈美子は辺りを見回した。先ほどから、どうも首筋の辺りがぞくぞくする。「確かに空気が不穏で、何となく寒気がします」

「とにかく」光昭は足を速める。「先を急ごう」

「はい」

と祈美子は答えたが、何となく胸が息苦しい。これは決して、お山巡拝で息が上がっているわけではない。お山は昔から慣れている。「気」が祈美子にのしかかってきているのだ。

そんな重苦しい空気の中、二人は大きく迂回《うかい》している山道を下り、やはり磐座《いわくら》を祀っている「春繁社《はるしげ》」にご挨拶しながら「長者社」へと出た。

ここは、稲荷山上古図では「剱石《つるぎ》」「雷石《かみなり》」と記されている神蹟だ。その名前の通り、社殿の背後には注連縄を巻かれた天を突くように大きな磐座が鎮座している。

『水台記《すいたいき》』に「昔、雷此ノ山ニ落ツ、神現シテ此ノ石ニ縛ス、縄跡今ニ存ス」とあるように、雷が落ちた際、その雷を磐に封じ込めて注連縄で封印を施したという伝説が残っている。ちなみに社殿前の石灯籠には、寛政《かんせい》六年（一七九四）と刻まれ、その手前の一対の石造狛犬は、文久《ぶんきゅう》三年（一八六三）とあり、山中現存の石造品としては最も古い物だという。

そして、この神蹟が一般に「ミツルギさん」として親しまれているのには理由がある。それは、謡曲『小鍛治《こかじ》』で有名だからだ。

一条《いちじょう》天皇の御代《みよ》――。

ある日突然、霊夢を受けた天皇は、刀鍛冶《かたなかじ》の名工・三条《さんじょう》小鍛冶宗近《むねちか》に剣を作るよう命を下す。しかしその時、宗近には相槌《あいづち》を打てるような力量ある相方がいなかった。困り果てた宗近が伏見稲荷に参拝すると、心配せずに準備を整えよという神託を受けた。戸惑いながらもその言葉に従って宗近が家に帰ると、そこに一人の童子が待ち構えていた。そしてその童子は、宗近が刀造りを始めると見事な相槌を務め、素晴らしい刀を鍛え上げることができた。稲荷明神に感謝した宗近は、その刀に「小狐丸《こぎつねまる》」という銘《めい》を打つ。やがて全ての仕事を終えると、童子は叢雲《むらくも》に飛び乗り、稲荷山目指して天に昇って行ったのだった――。

ちなみに、作者不詳の能『小鍛治』での後シテは「稲荷明神」で、通常、赤頭《あかがしら》に

「小飛出《ことびで》」や「大飛出」などの面をつけ、頭には「狐戴《きつねだい》」を載せている。この狐戴は依《よ》り代《しろ》、つまり神霊が乗り移っている状態を表しているのだという。

そしてこの神蹟の左手奥には、宗近が使ったといわれる焼刃の水と呼ばれる井戸がポッカリと口を開けている。また、神蹟前の茶店には、刀を打つ白狐の可愛らしい人形も飾られていて、宗近の伝説が今も生きている。

そんな姿に、ほんの少しだけ癒やされながら、祈美子は先に進んだ。

続いて、咳の神様である「おせき大神」を祀っている「おせき社」。そして、そのすぐ先には「薬力社」がある。

祭神は「薬力大神」で、無病息災・安産・健康長寿・家内安全・商売繁盛。稲荷大神にも引けを取らない効験だ。この辺りは、たまにうっすらと硫黄《いおう》の匂いが漂ってくることも、どこかで「薬」と関係しているのかも知れない。また、ここには毎日のように全国から病気平癒祈願と、その御礼の手紙が届き、神蹟の前には足腰の病の治癒を願った、たくさんの「願かけ草鞋《わらじ》」が奉納されている。

この先で道が分かれているのだが、祈美子たちは紅葉谷《もみじだに》――傘杉《かさすぎ》社や天龍《てんりゅう》社、そして清明《せいめい》の滝や清滝《きよたき》社へ続く道は採らずに、今日はこのまま御膳谷《ごぜんだに》奉拝所へ向かうことにした。というのも、予想通りポツリポツリと雨が落ちてきた上に、見上げれば空もいつの間にか暗くなって、黒く厚い雲の向こうで、時折稲妻が光っていたからだ。祈美子たち同様にお山巡りをしている参拝者たちも、誰もが急ぎ足で歩いていた。中には、途中で引き返そうか、などと言っているグループさえあった。

祈美子たちも先を急ぎ、御膳谷に到着する。稲荷山の三つの峰の渓谷《けいこく》が集まる重要な位置に、おびただしい数の塚が集まっている場所だ。まさに、岡野弘彦が言っていたように、

「お山めぐりをしていて、雑然と群がっているように見える狐の塚も、よくよくその奥のすがたを考えていると、あの三輪山《みわやま》をはじめ古社のあちこちに存在する、古代信仰の名残《なごり》の磐境《いわさか》・磐群《いわむら》・磐座《いわくら》の祭祀形態が、まぼろしのように浮かび上ってくる」

ということになる。

まだ祈美子は三輪山に登拝したことはなかったので、断定はできなかったが、鳥居と狐がないだけで、おそらく似たような光景が広がっているのだろうと思った。

ちなみに祈美子は、いわゆる「パワースポット」と呼ばれる場所には、非常に懐疑的だ。身勝手な我々人間たちにとって、そんな都合の良い場所が、その辺りにゴロゴロ存在しているわけもない。しかし「気」が充満している場所という意味だけなら、先ほどの剱石の周辺と、そしてこの御膳谷は間違いなくそうだ。だから、おそらく三輪山もこんな感触なのだろうと勝手に想像している。

昔はこの奉拝所に御饗殿《みあえどの》と、御竈殿《みかま》があり、稲荷山の神々に御神饌《ごしんせん》を供えていたの

だという。現在では、毎年一月五日に「大山祭　山上の儀」が祈禱所で執り行われている。その祭は、斎主祝詞《さいしゅのりと》奏上に始まり、耳土器《みみがわらけ》といわれる斎土器《いみどき》に中汲酒《なかくみざけ》を注ぎ、御饌石《みけいし》の上に供えて豊穣《ほうじょう》を祈願する。この土器を醸造に用いると水質が澄んで、上質の酒ができるといわれているため、地元伏見を始めとする酒造家の人々が大勢集まるのだ。しかし、やはりこの場所も今日は、重苦しい空気が充満していた。

そして次に二人が向かったのは「眼力社《がんりき》」。この神蹟も信仰している人々が多く、常に献燈の蠟燭の炎が絶えることがない。

祭神は、眼力大神。石宮大神。目の病を癒やしてくれ、更に先見の明まで授かるようになるといわれている。社前には、頭に宝珠を頂き崖を駆け下りて来るような、殆ど逆立ちしている珍しい形の狐の像があり、その口にくわえた竹筒からは、澄んだ清めの水が常に流れ落ちている。

お参りを済ませると、二人は次の神蹟「大杉社」へと移動した。ここの祭神は、大杉大神。磐根《いわね》大神とも呼ばれている。祈美子は、その古い神木の前で静かに手を合わせた。

これで、お山を一周したことになる。かなり丁寧にまわったつもりだったが、途中は急ぎ足だったためだろう、四ツ辻を出発してから三十分ほどしか経過していなかった。光昭の計算通りだ。再び四ツ辻に戻り、京都市街を見下ろすベンチに二人は並ん

で腰を下ろす。額に浮かんだ汗を拭って、

「それで、どうだった」光昭は祈美子に尋ねた。「お山の様子は、いつもと違っていた？」

ええ、と祈美子は、まだ肩で息をしながら答える。

「やはり重苦しく、場所によっては恐ろしいほど激しく揺らいでいました。こんなことは初めてです。今まで経験したことのない出来事が起きようとしている、いえ、すでに起こりつつあるのかも知れません。やはりこれは……澤村さんたちの事件が関係しているのかも」

「太市伯父さんが？」

「ええ」

「どんな風に」

「分かりません、私には」と言って祈美子は、光昭を正面から見た。「光昭さんは、澤村さん殺害に関して、何か心当たりがありませんか」

「ぼくが？」光昭は、祈美子の視線を外した。「さあ……想像もつかないな。確かに太市伯父さんは、ああいった人間だから色々なところに敵を作っていた。大勢の人たちに嫌われていたし、祈美ちゃんだから言えるけど、こんなことはいつ起こっても不思議じゃなかったほどだ」

「光昭さん個人としては、どうだったの？」

「もちろん、嫌いだった」光昭は苦笑した。「あの人は、人間としても最低の部類に入るんじゃないか」

「そう……」

「ああ」と頷いて光昭は立ち上がった。「西村《にしむら》さんの店で、飲み物を買って来るよ。まだ雷雨は大丈夫そうだから、ちょっと休憩しよう。急ぎ足で、さすがに疲れた」

そう言って「仁志むら亭」に向かう光昭の後ろ姿を眺めながら、祈美子は思う。

やはり、何か変だ。

今、自分のチャンネルを全開にして会話したのだが、光昭は隠し事をしていると確信した。祈美子に対して、何か秘密を持っている。こんな波長を光昭から感じ取ったことは、今まで一度もなかったのに……。

ただ、それがどんな秘密なのか、祈美子には分からない。おかしい。チャンネルを大きく開いたにもかかわらず、珍しいことにクリアに読み取れない。相手がフィアンセの光昭だから、無意識のうちに余計な感情が入ってしまっているのだろうか、それとも、今日の稲荷山の乱れて揺らぐ「気」が障害になっているのか――。

やがて、光昭が微笑みながら、栓を開けた瓶入りのジュースを二本、両手に持って戻って来た。店の前の、水を張った石の鉢の中に冷やしてある炭酸飲料だ。受け取ると、ガラスの感触が手のひらに冷たく心地良い。

祈美子は、隣に腰を下ろした光昭と並んで一口飲む。今日は天候が悪く、夏にもかかわらず冷たい風が吹いていたとはいえ、お山を一周したのだ。今まで神蹟巡りに集中していて忘れていたが、思った以上に喉が渇いていた。祈美子は、一息で四分の一ほど飲み干す。そして三度、光昭を見た。

「何か、とても嫌な胸騒ぎがします。こんな気持ちの悪いパルスを感じたのは、本当に久しぶり。まるで――」

祈美子は眉根を寄せた。

「父さんが事故に遭った前日の夜みたい」

祈美子の父・常雄《つねお》は八年前、天橋立《あまのはしだて》の観光バスの交通事故で命を落とした。中央分離帯を乗り越えて突っ込んできた車とバスが正面衝突して、大勢の命が失われた悲惨な事故だった。あわてて病院に駆けつけた母の泰葉《やすは》や祈美子に、常雄は何か言い残したそうだったが、それも叶わずに、そのまま他界してしまった。

「そう……か」

光昭は、手にしたジュースを飲み干した。それを見て祈美子も、残りを何口かに分けて飲み干す。光昭は祈美子から空き瓶を受け取ると、店に返しに行った。

「とにかく、戻ろう」手を拭きながら帰って来ると、光昭は言う。「きっと、伯父さんや父さんたちも呼ばれて来てるだろうしね。警察の事情聴取を受けてるはずだ」

「そうですね」

と答えて祈美子は立ち上がり、元来た道を下り始めた。

しかし、三徳社を通り過ぎて三ツ辻までやって来た時、近くで雷が聞こえた。それと同時に、ぐらりと目眩《めまい》を感じた。

〝地震？〟

祈美子は立ち止まったが、辺りには何の変化もない。相変わらず、時おり暗い雲の向こうに稲妻が走り、雷鳴が轟《とどろ》いているだけだった。光昭も相変わらず、淡々と歩を進めている。やはり、目眩だったのか。精神的ショックから来るストレスか。

祈美子は目頭を押さえながら更に石段を下り、やがて熊鷹社まで戻って来た。しかしそこで、今度は全身に、じわりと冷や汗が出た。そこで光昭に向かって、

「ちょっと休んでも良いですか」青い顔をしかめながら呼びかけた。「少し、気分が悪いの」

「大丈夫か？」光昭は心配そうな顔で、祈美子を覗き込む。「確かに顔色が悪いな。真っ青だ。竹屋《たけや》さんで休ませてもらおう」

そう言うと、光昭は熊鷹社前の茶店に入って行った。もちろん、茶店の人たちとは祈美子も顔見知りだ。幸い、店には客もいない。周囲にも、警官の姿が目立つばかり

だった。そこで、「すみません」とお礼を言って、店頭の赤い毛氈《もうせん》を敷いたベンチに腰掛けさせてもらう。光昭もその隣に腰を下ろすと、祈美子を気遣いながらも茶店の人たちと事件の話を始めた。

「どうなってるんだか」「詳しい話を知ってるかね」「本当に物騒な時代だよ」「いや、そういえばこの頃ね――」

などという会話が、微かに祈美子の耳に届く。だが、祈美子の具合は、どんどん悪くなっていた。目眩と吐き気が酷くなる。どうしたんだろう。お山をして具合が悪くなるなんて。やはり、登る前にきちんと白狐社にお参りしなかった罰だろうか。きっと、そうだ。その証拠に、雷がどんどん近づいて来ている……。

顔を上げれば、熊鷹社の献燈蠟燭の炎が、大きく小さく、遠く近く、揺らいで見えた。それほどの風もないのに、稲穂の注連縄も、バラリバラリと前後左右に揺れている。奉納された狐たちの像が、顔をしかめ、あるいは冷ややかに、祈美子を見つめているようだった。

一度目を閉じて、熊鷹社の背後に広がる「こだま池」に目を移すと、緑色の水面が波打って見えた。その水が山のように盛り上がった時、ピシャッ、と稲荷山に雷が落ちた。間髪を入れず、大地を震わせるような雷鳴が轟く。

「わっ」

茶店の誰もが思わず身をかがめる。しかしその時、祈美子の目に入ってきたのは一匹の白狐像が、大きく口を開けてニタリと笑った光景だけだった。同時に、すうっと気が遠くなる。

「大丈夫か、祈美ちゃん！」

光昭の声が遠くなり……。

祈美子は、そのまま気を失ってしまった。

＊

「今のところ」瀬口は裕香を見た。「四人の他に、新たな被害者の報告はない。しかし、かといって犯人とおぼしき人物の遺留品その他も発見されていない」

「そうですか……」

裕香は残念そうに頷いた。地元の警官はもちろん、京都府警からも大勢、伏見稲荷大社や稲荷山に動員されている。しかしまだ、犯人や手掛かりも全く見つかっていない。唯一、幸いなことに新しい遺体や犠牲者は増えていないようだった。

それで、と瀬口は裕香から報告書を受け取る。

「これが、被害者の身元というわけか」

瀬口が視線を落とすと、そこにはこうあった。

澤村太市　六十歳　酒店経営
秋本義江《あきもとよしえ》　五十五歳　主婦
白田鉄男《はくたてつお》　五十七歳　古美術商
西崎庚二《にしざきこうじ》　四十九歳　会社員

そして、続いて各人の住所などが記載されていたが、太市を始めとして全員が京都市在住だった。

「この四人の接点は？」

はい、と裕香はメモ帳を開く。

「澤村太市と秋本義江が、地元の知人同士のようです。あと、白田鉄男と西崎庚二は猟友会仲間だと」

「猟友会？」

「しばしば二人揃って、狩猟に出かけていたようです。最近、京都府内でも野生の鹿や猪《いのしし》が増えているようですので、彼らも自分たちの楽しみというよりは、その駆除が主たる目的だったようです。あと、それ以上の詳しいことはまだ……」

「なるほどな」瀬口は報告書に目を落とす。「確かに、特に四人揃って吊されなくてはならない理由は、特に見当たらないな。金銭関係や人間関係でも、トラブルを抱えていたようには見えない。全員、ごく普通の一般人のようだ」

「しかも、二人ずつは知り合いのようですが、四人揃ってとなると、共通点が何も見当たりません」

「伏見稲荷の氏子というわけでもないいんだな」

はい、と裕香は答える。

「先ほど、発見者の宮野辺さんもおっしゃっていましたが、澤村さんの弟さんの聡さん親子は氏子のようですが、太市さんは違います。また、他の三人も稲荷大社とは全く関係ないようです。逆に言えば、全員が『稲荷大社に関係がない』という共通点を持っているということでしょうか」

「そんな人間は、この京都に限定してもごまんといる。実際この俺がそうだしな」

「では、もう一歩突っ込んで……たとえば、過去に稲荷大社とトラブルがあったとか、寺院関係の人たちで、稲荷大社と敵対していたとか」

「もちろん、一応当たってみるが、その説に従えば、犯人は伏見稲荷大社関係者か、それとも稲荷や狐を異常に偏愛している人間になる。しかし、そんな理由で殺して、遺体をあんな場所に吊すなどということがあるか？　あの派手な鳥居のトンネルの出口にだぞ。しかも、自殺に見せかけようとした細工は微塵《みじん》もないんだからな」

「たとえば、と言ったじゃないですか」裕香は唇を尖《とが》らせて睨んだ。「一例です。もしくは、稲荷大社に恨みを持っていた犯人が、全く無関係な人間を殺害して見せしめにした」

「だから、どうしてあんな場所に？」

やはり、と裕香は首を捻る。

「自分、あるいは自分たちの犯した殺人を目立たせたかった。大きくアピールして、世間の注目を浴びたかった。あるいは、稲荷大社に嫌がらせをした」

「それでも、一度に四人の人間を殺害しているんだぞ」

「では警部補は、もっと強力な動機があったと？」

「当然だろうな」

「それは、どんな？」

「今は、まだ分からない」瀬口は首を振った。「しかし、間違いなく普通の犯行とは違う感触がある」

その言葉に首肯しながら、

「そのことなんですけど」裕香は真剣な顔つきで瀬口を見た。「伏見稲荷大社で、何か気づかれませんでしたか？」

「何を」

実は……と裕香は強く眉根を寄せる。

「境内の空気が、とても変だったんです」

「またか」瀬口は、もうその話は聞き飽きたというように、あからさまに嫌な顔をした。「くだらんことを」

「本当です！　昨日の貴船神社の時と同じように」

「ああ、そうかね」

「確実に、あそこで何かが起こっています」

「お稲荷さんが怒っているってわけか」

「そっちの『怒っている』じゃありません！　茶化さないでください」

「別に茶化していないさ。きみ風に言ってみただけだ」

「そうやって私をバカにするんですね」裕香は瀬口を睨みつける。「でも、実際に境内の『気』が、大きく揺れていました……。そもそも、伏見稲荷には謎が多すぎます。抱えている歴史が深すぎるんです」

「そりゃあ、そうだろう。古い神社はどこだって――」

「『稲荷史六つの謎』をご存知ですか？　あと、その他にもまだ『五つの謎』があることを」

「さあね」瀬口は体を起こす。「さて、肝心の事件の——」

「警部補は」と裕香は瀬口の言葉を遮った。「稲荷と雷が、縁が深いということを聞かれたことがありますか？　これは、どうやらとても有名な話のようなんですけど、私も小さい頃に祖母から『雷の多い年は、稲の実りが良い』という話を聞いたことがありました」

「そういった迷信もあっただろうな。それでこっちの——」

「その前に私の話を聞いてください」

と言って裕香はパソコンを開くと、先ほどの山上伊豆母の「稲荷史六つの謎」と、吉野裕子の提示した五つの謎を瀬口に伝えた。

「どうですか、警部補。伏見稲荷大社の歴史は、その入り口からしてこんなに混沌《こんとん》としているんです。そして今回は、そんな場所で起こった事件なんです。だから、まずその歴史背景を把握しておかないと——」

「なるほどな」と瀬口は、冷ややかな目で裕香を見た。「きみは、朝からずっとそれを調べていたというわけか。そのパソコンと、さっき引き出しにしまったパンフレットで」

「え……」

見抜かれていた。

しかし裕香は訴える。

「で、でも、警部補。伏見稲荷大社に関して、ここは押さえておく必要があると思います。というのも――」

「現実の事件に戻るぞ」今度は、瀬口が裕香の言葉を遮った。「つまらん歴史ミステリやテレビドラマじゃないんだからな。そんな知識は実際の事件と全く関係ないし、たとえ知っていたところで何の役に立つわけでもない。さて、もう一度最初から検討し直してみようか。何か見落としていることがあるといけない」

「でも警部補……」

裕香が訴えた時、瀬口の携帯が鳴った。着信番号を確認して「瀬口だ」と答えると、電話の向こうから若い刑事の声が響いた。

「警部補、大変ですっ。伏見稲荷の千本鳥居が！」

「どうした。また新たな首吊り遺体か？」

いいえ、と刑事は叫んだ。

「次々に倒れ始めているんです！　まるで、ドミノ倒しのように」

3

辻曲《つじまがり》彩音《あやね》と福来陽一《ふくらいよういち》が、夜の京都駅に到着すると、彩音の妹の巳雨《みう》と、ここ京都に住む傀儡師《くぐつし》の六道佐助《りくどうさすけ》、そして佐助の肩から下がったキャリーバッグの中に、辻曲家の飼い猫のグリが待っていた。

小走りに新幹線の改札を出る彩音たちに、

「お姉ちゃん！」

と巳雨が走り寄ってくる。佐助もキャリーバッグを背負い直して、その後ろからヨロヨロとやって来た。

「本当に驚いたわよ」彩音は嘆息しながら睨む。「あなたがここまでやって来るなんて、考えてもいなかったから」

「ごめんなさい」巳雨は素直に謝る。「でも、グリとたすけのおじいちゃんも一緒だったから、全然平気だった」

「佐助じゃ！」

「ニャンゴ」

「分かっとる」佐助はグリを横目で見た。「わしの名前なんぞ、どっちでも良いわい」

「ありがとう」彩音は佐助にお礼を言う。「巳雨の面倒を見てくれて」

「別にどうということもない」佐助は吐き捨てるように言う。「こいつに噛み殺されることを思えばな」

「ニャンゴ」

「だから、分かっとると言ったじゃろう」

佐助はグリが異常に——という言葉では収まらないほど苦手なのだ。

「グリ」巳雨はキャリーバッグを覗き込む。「おじいちゃんは巳雨たちを連れて来てくれたんだから、噛み殺したりしちゃだめよ」

「ニャンゴ」

「今はしないって」

「当たり前じゃ！　そんなことされてたまるかっ」

憤る佐助の前で巳雨は「良い子ねー」とグリに笑いかけた。

巳雨は辻曲家の一番下の妹で、小学五年生。しかし体が小さく、ツインテールのようなお下げ髪に、いつもリボン——今日は白色のリボンをつけているので、誰からも小学校低学年生に見られてしまう。本人は、それがとても不満なようだった。

そしてグリは、巳雨が拾ってきた捨て猫のサイベリアン。辻曲家にやって来た時は余りにもボロボロだったため、それを見た次女の摩季《まき》が「グリ」と名づけた。もちろんこの名前は、ミュージカル『キャッツ』で「メモリー」を歌う老娼婦猫「グリザベラ」から取った。しかし今は、すっかり毛並みも良くなり、澄んだブルーの瞳もキラキラと輝いている。

ところが、グリは何か過去を持っているようで、佐助とも知り合い——といっても、グリの方が一方的に強い間柄——だということが判明した。

その佐助は、八坂《やさか》神社裏手、霊山《りようぜん》観音の奥に居を構える傀儡師、人形遣《つか》いの老人である。白髪混じりの長髪を頭の後ろで結わえて、いつも暗く渋い色の作務衣《さむえ》を着ている、どことなく鼠《ねずみ》を連想させる男だった。

「それじゃ、行くかの」佐助は皆を見た。「この時間ではバスも終わっとるから、霊山観音辺りまでタクシーに乗って、そこからは歩きじゃ」

今夜は、全員で佐助の家に泊めてもらうことになっている。

実は彩音たちは今日、広島・嚴島《いつくしま》神社まで行って来た。またしても高村皇たちが、怨霊を目覚めさせるべく画策していたためだ。そこで、何とか必死の思いで、宮島に「所祭《いつか》」されている神たちに鎮まっていただき、東京の実家へ帰る予定だった。ただ、さすがに時間が遅くなってしまい、東京までの新幹線は終わっていた。そこで、どうやって帰ろうかと広島駅で考えていた時、巳雨からグリと一緒に京都までやって来ているという連絡が入ったのだ。その上、佐助の家に泊めてもらう約束までしたのだという。そしてその理由は、またしても京都、今度は伏見稲荷大社で不穏な事件が起こっているからだった。

間違いなくこの事件も、高村皇とその部下たちが引き起こしたに違いない。そう確信した彩音と陽一は、京都で途中下車して、巳雨たちと合流することにした。

「それじゃ、佐助さん」彩音は頭を下げた。「今夜は、よろしくお願いします」

「おお」

と微妙な表情で答える佐助を先頭に、全員でタクシー乗り場へと向かい、長い列の一番後ろにつくと、彩音は佐助に尋ねた。

「それで、肝心の伏見稲荷大社の事件はどう？」

ああ、と佐助は顔をしかめた。

「大変なことになっとるようじゃ。死人《しびと》が四人も出た」

「えっ」彩音と陽一は顔を見合わせる。「千本鳥居が倒れただけじゃないのね」

「おおよ」

と答えて、佐助は彩音たちに事件の一部始終を伝えた。千本鳥居には、地元の人たちが四人、殺害されて吊されていたことが分かった。犯人は、まだ特定されておらず、京都府警が捜査中。そんなところに、今度はその千本鳥居が、奥宮から本殿へ向かって次々に倒れ始めた——。

「本殿へ？」彩音は尋ねる。「ということは、稲荷山方面から麓へということね」

「そうじゃ」

東京だけでも、と彩音は切れ長の目を細めた。

「膨大な数の稲荷が祀られている。たとえば、王子《おうじ》の狐で有名な王子稲荷、赤坂の豊《とよ》川《かわ》稲荷、山王《さんのう》稲荷、四谷怪談のお岩さんの於岩《おいわ》稲荷、新橋の烏森《からすもり》神社、谷中《やなか》の笠森《かさもり》稲荷——」

「笠森稲荷は」佐助が言う。「『向こう横町のお稲荷さんへ一銭あげて——』の歌で知られとる、お仙の茶屋があった稲荷じゃな」

「そうね。また、羽田《はねだ》の穴守《あなもり》稲荷、日比谷《ひびや》稲荷、千代田《ちよだ》稲荷、節分で『福は内、鬼は内』と声をかける稲荷鬼王《きおう》神社。その他にも歌舞伎座や新橋演舞場などに祀られている稲荷、などなど。それらを全国規模で考えたら、とんでもない数になる。そして、それらの稲荷社の総本宮が伏見稲荷大社。しかも、その本質が、あの稲荷山。つまり、日本国中全ての稲荷の神髄が、あの山に集まっているというわけ」

「お山には、全国から集まった狐さんたちが大勢いるということ？」

目を、くりっと動かして尋ねる巳雨に、

「それもあるでしょうね」彩音は答える。「でも狐は、あくまでも稲荷神の眷属——お使いなのよ。お山には、稲荷の神様がいらっしゃる」

「ふうん」

巳雨が唇を尖らせて頷いた時、タクシーの順番がやってきた。

全員で乗り込むと、助手席にまわった佐助は「霊山観音まで」と告げ、陽一は後部座席の隅で静かに口を閉ざした。

「それじゃ」とタクシーが動き出すと、巳雨がまた尋ねた。「巳雨たちが、お稲荷さんって言ってるのは狐さんだけじゃないのね」

そうね、と彩音は巳雨を見た。

「伏見稲荷大社の主祭神は、宇迦之御魂《うかのみたま》大神というの。または『倉稲魂』とも書く」

「え？」巳雨は、頬をぷうっと膨らませる。「無理。全然読めない」

「それだけではなく、あの大社には、猿田彦命、天宇受売《あめのうずめ》命、賀茂《かも》建角身《たけつぬみ》命、そして四《しの》大神が祀られている。この五柱《いつはしら》の神々を総称して『稲荷大神』と呼んでいるの」

「五柱もいるの？」

「そう。もちろんそれだけではなく、もっと大勢の神々が鎮座されているわ」

「じゃあ、その、うかのみたまの大神って、どんな神様？」

「『古事記』では、須佐之男《すさのお》命（素戔嗚尊）と、大山津見《おおやまつみ》神（饒速日命《にぎはやひのみこと》）の娘の神大《かむおお》市比売《いちひめ》との間に生まれた御子神とされているの。一方『日本書紀』では、伊弉諾《いざなぎ》尊と伊弉冉《いざなみ》尊の間に生まれた『倉稲魂命』と表記されている。また『延喜式祝詞』の『大《おお》殿祭《とのほがい》』には『豊宇《とよう》気《け》姫《びめ》命、是稲霊也《こはいねのみたま》』と記されているわ」

「さすがに詳しいのう」佐助が、助手席から振り返った。「良く知っとるわい」

「どうも」

彩音は肩を竦める。神明《しんめい》大学文学部・神道学科大学院生。これくらいは常識だ。

「何だか良く分からないけど……」巳雨は首を傾げた。「何か、前にも聞いたことのある名前の神様たちだね」

「そうね。宇迦之御魂大神は宇賀神ともいわれていて、同時に市杵嶋姫《いちきしまひめ》だから」

「そうか。その二人の女神様は知ってるよ。嚴島神社の神様でしょう。今日、教わったばかり」

「火地晋《かちすすむ》さんからね」

その名前を耳にして、陽一は無言のまま嫌な顔をした。

火地晋は、東京・新宿の裏通りにある「猫柳珈琲店《ねこやなぎコーヒー》」に棲《す》みついている地縛霊《じばくれい》だ。もともと歴史作家だったということもあって、日本史に関する知識は豊富に持っていた。しかも、一般的には認められていないような特殊な説を展開してくる。

しかし火地は非常に偏屈で、陽一などは顔を出す度に怒鳴られていた。ただ、余り下調べをして行かなかったりしようものなら「バカか」という一言で追い返されそうになってしまう。それに——幽霊だから当然なのだが——「生きている人間の世になんぞ興味はない」というのが口癖で、陽一は苦手だった。

「でも、嚴島では、火地さんのおかげで本当に救われた」彩音は微笑んだ。「あの島の歴史に関して、重要な話を教えてもらったから。巳雨も頑張ってくれたしね」

「うん」と巳雨は小さな胸を張った。「グリも頑張った」

「ニャンゴ」

「そうね」彩音は巳雨の頭を撫でる。「でも、また今度も宇迦之御魂大神が関係しているようね」

彩音は、先ほどから物凄い「気」の波を感じていた。しかも今回は「狐」も絡んでいるのだろう。複雑な「気」が交錯している。だが、ここはタクシーの中、第三者の運転手のいる場所でそんな会話はできない。そこで、

「これからどうなるか、予想がつかないわ」

と呟くと、

「そうだ！」と巳雨が言った。「来る前に、お兄ちゃんが四宮《しのみや》先生に聞いてくれたの」

四宮先生というのは、四宮雛子《ひなこ》。四柱推命《しちゆうすいめい》の大家だ。昔は大勢の人々を鑑定していたのだが、現在は隠居して、熱海《あたみ》・伊豆山《いずさん》の奥に独りで住んでいる。しかし、辻曲家のことをいつも気にかけてくれ、何かとアドバイスしてくれていた。そして、その助言や忠告は高確率で「当たる」のだった。

「何だっておっしゃっていた？」

尋ねる彩音に、

「うん」巳雨は答える。「今回は、信頼……？　違う。いしん……らいしん……」

「震為雷《しんいらい》」

「そう。それだって。だから、とってもたくさん注意しなさいって。でも、それってどんな意味なの」

「震為雷――震は雷。それが二つ」彩音は目を細める。「『震の来る時《きた》、虩虩《げきげき》たり。君子もって恐懼脩省《きょうくしゅうせい》す』。つまり、雷鳴が轟き、天変地異や予想のできないことに襲われるから、恐れ慎めというわけね」

「事実、雷も酷いようじゃぞ」佐助が、助手席で言った。「厚い雷雲が京都に近づいて来ておる」

すると、

「お客さんたちは」とタクシーの運転手が会話に参加してきた。「もしかして、伏見稲荷に行かれる予定なんですか？」

「はい」彩音が答える。「明日――」

本当は今からでも行きたかったが、さすがに体が持たない。それに、これから丑《うし》の刻《こく》にわたっては魔物の時間《とき》。今のところ、まだ事態は大きく動いていないようだけれど、あの場所で何者が跳梁跋扈《ちょうりょうばっこ》しているのか分からないのだから、日が昇ってからの方が安心だ。

「——朝一番で、行こうと思っています」

「しかし、あっちの方は、今大変みたいですよ」

運転手はバックミラーで彩音を見ると、顔をしかめた。

「殺人事件が起こったかと思うと、あの千本鳥居が倒れ始めて、今度は稲荷山に落雷ですからね。先ほど、ラジオのニュースで言ってました」

「何じゃと。稲荷山に雷が落ちたのか！」佐助が小さな目を丸くする。「そりゃあ、大事《おおごと》じゃわい」

「ええ。ですから、気をつけた方が良いですよ。あと、かなりの場所が立ち入り禁止になっているみたいですし」

「稲荷山に雷……」

彩音が目を細めて呟くと、

「ねえねえ、そういえば」巳雨が尋ねてきた。「一つ、訊いてもいい？」

「なあに」

「さっきも思ったんだけど、どうしてお稲荷さんって、変な漢字が多いの」

「倉稲魂のこと？」

「それもそう。でも、そもそも『稲荷』って書いて『いなり』って読めないよ」

「えっ」

「普通だったら『いなに』でしょ。『荷』っていう字『り』って読めるの？」

「……読めないわね、全く」

「じゃあ、どうして？」

「それは……」

言葉に詰まる彩音に代わって、

「確かにそうじゃ」佐助は笑った。「せいぜいが『とうか』だな」

「お嬢ちゃんは、賢いですね」運転手も微笑む。「その通りだ。私なんか地元なのに、今までそれが当たり前だと思っていました」

「生まれた時から接していると」彩音が言う。「かえって、気づかないものです。そういう私も、巳雨に言われて今気づいたけど」

「どうしてどうして？」

そうね、と彩音は首を傾げる。

「吉野裕子という人は『イナリは「異形《いなり》」である』と言っているわ。だから、初めに『いなり』という言葉があって、そこに後から『稲』と『荷』を当てはめたのかも知れない」

「稲は分かるけど、どうして『荷』なの？」

『荷』には『担《にな》う』という意味もあるから、稲を肩の上に載せる、ということになるわね。あと、稲荷神に供える食物を用意する、いわゆる『竈役《かまどやく》』を、昔からずっと担当していたのが『荷田氏《かだ》』だったといわれているから、そこから来ているのかも」

「ふうん」巳雨は頷く。「ただの当て字だったの？」

「……と思ったけど、真相は分からない。それこそ、火地さんに訊いてみたら、何か教えてくれるかも知れないわね」

彩音はわざと言って、チラリと陽一を見た。すると陽一は、無言のまま首を何度も横に振った。しかし、

「そうだね」巳雨はニッコリと笑った。「今度、訊きに行ってみよう。きっと、詳しく教えてくれるよ」

なぜか巳雨だけは、火地を全く苦にしていないのだ。むしろ慕《した》っているようにも見える。そして火地も「子供と猫は嫌い」と公言しているにもかかわらず巳雨とは、きちんと会話してくれたらしかった。

「じゃあ、東京に戻ったら会いに行ってごらんなさい」

彩音が言って、巳雨が「うん」と答えた時、タクシーは霊山観音近くで停まった。

彩音たちはそこで降車して、夜の山道を歩く。ここから十五分ほど坂を登って行くの

だという。段々と淋《さび》しくなってゆく道を更に進んで行くと、古色蒼然《こしょくそうぜん》たる民家が見えた。そこが佐助の家らしい。年季の入った板塀がその周りをぐるりと取り囲んでいて、どこが入り口なのか全く分からない。すると、

「ここじゃ」

と言って佐助は塀の隅の板を一枚、ガタリと横に引いた。するとそこに、ポッカリと闇よりも更に黒々とした入り口が現れた。弱々しい月明かりの下、蛙《かえる》の鳴き声が喧《かまびす》しく響き渡る雑草の生い茂った庭を横切って、古めかしい玄関にたどり着くと、佐助はガラリと戸を開けた。鍵も掛けていなかったようだ。

「上がってくれ」

佐助の声に、彩音たちはキョロキョロしながら「失礼します……」と断って家に入る。ひんやりとした廊下を歩いて部屋に入り、佐助が天井から吊り下がった電灯のスイッチをひねると、

「わあー」巳雨が声を上げた。「お人形さんが、いっぱい！」

その部屋の壁一面に置かれた棚と、板張りの床には、無数の人形たちが飾られ、あるいは転がされていたのだ。但しそれらは、全てが完成されているものだけではなく、まだ手足がついていなかったり、首と上半身だけだったりする雛人形、土や紙で造られた日本人形、大小さまざまな達磨《だるま》やこけし。等身大のマネキンや球体関節人

形。金髪で青い目をしたビスクドール。そして、派手な衣装を身につけた操り人形。などなど……色鮮やかにさまざまな種類の人形がいた。

「仕事場じゃから」佐助は言う。「汚れとるが、勘弁してくれ。何しろ突然じゃったから、全く片づけておらんでな」

「ニャンゴ」

「おまえにそう言ってもらえて、うれしいわい」

「わーい。お人形さん」

「こら、巳雨」はしゃぐ巳雨を彩音は叱る。「走り回っちゃダメよ。ここは、佐助さんのお仕事場なんだから」

「き、気をつけてくれい！　大事な物ばかりじゃからな」

「楽しいね！」巳雨は、おかっぱ頭の市松人形を手に取った。そして「ようこそいらっしゃいました」

キャリーバッグから出たグリを相手に人形ごっこを始めた。

それを見て佐助は「本当に頼むぞ……」と大きく嘆息した。

一方、彩音は部屋を見回すと、

「お世辞抜きで、凄いわね」と目を細めた。「あの球体関節人形なんて、もうすぐ『生まれ』そうだわ」

「あっちの博多人形も」陽一が指差す。「黒目が動いています」

「佐助さん、お見それしました」彩音は微笑みながら、佐助を見た。「想像以上の腕前ね。これだけの技術を持っていたなんて」

「おだててもダメじゃ」しかし、佐助は吐き捨てるように言う。「あんたらの頼み事は、引き受けられん」

「まだ何も言っていないわよ」

「言われんでも分かるわ！ あんたの妹の件じゃろうが」

そう言うと佐助は、じろりと二人を睨み、彩音は無言で肩を竦めた。確かにその通りだった。

四日前。

彩音の妹の摩季は、鎌倉で事件に巻き込まれて、高村皇の部下の磯笛によって殺害されてしまったのだ。そこで彩音たちは大急ぎで、摩季が運び込まれた病院の霊安室から彼女の遺体を取り戻し、以前から知り合いの、神奈川県・大船《おおふな》の月山《つきやま》葬儀店に頼んで預かってもらっている。

そして今、彩音の兄・了《りょう》が「死反《まかるがえしの》術」を、摩季に施そうとしているのだ。

この「死反術」は、古代日本の物部《もののべ》氏系統の書である『先代旧事本紀』にのみ収載されている術式だった。それによれば、物部氏の始祖とされる饒速日命《にぎはやひのみこと》が天降った際に、天つ神から「十種《とくさ》の神宝《かんだから》」と、その神法を授けられた。その「十種の神宝」とは「瀛都《おきつ》鏡」「辺都《へつ》鏡」「八握剣《やつかのつるぎ》」「生玉《いくたま》」「足玉《たる》」「死反《まかるがえしの》玉」「道反《ちがえしの》玉」「蛇《おろち》の比礼《ひれ》」「蜂の比礼」「品《くさぐさ》の物《もの》の比礼」である。そして、「天神《あまつかみ》教へて導《のたまわ》く『若《も》し、痛む処《ところ》有らばこの十宝《とくさのたから》をして、一《ひと》、二《ふた》、三《み》、四《よ》、五《いつ》、六《む》、七《なな》、八《や》、九《ここの》、十《たり》と謂《い》ひて布瑠部《ふるべ》。由良由良《ゆらゆら》と布瑠部』」

と唱えると、これらによって「死せる人も生き返る」というのである。この「死反術」ではないが、平安時代の陰陽師《おんみょうじ》・安倍晴明《あべのせいめい》や蘆屋道満《あしやどうまん》も、実際に死人を生き返らせている。

そして、これら「十種の神宝」のうち「生玉」と「足玉」が辻曲家に伝わっているのだ。これは辻曲家が、賀茂二郎《かもじろう》・源義綱《みなもとのよしつな》の家系に繋《つな》がっている、つまり清和《せいわ》天皇の血筋だということに関係しているのかも知れないが、その辺りの詳細は誰も知らなかった。

その後、彩音たちは奈良・大神《おおみわ》神社で「蛇の比礼」を手に入れた。だが、それでも手元にあるのは「十種」のうち三種だけ。運良く磯笛の持っている「道反玉」を手に入れられたとしても四種。十種の半分もない。そこで、傀儡師である佐助の力を借りられないかと、頼んでいるのだった。

しかし佐助は、

「到底無理じゃ」仕事机の前に腰を下ろして、大きく腕を組んだ。「世の中には、できることとできんことがある。あんたの言っているのは、そのできんことじゃ」

「そんなことはないわ、きっと」

いや、と佐助は彩音と陽一を睨む。

「もちろん、わしにできるのであれば、あんたの妹の黄泉帰《よみがえ》りに手を貸すことは吝《やぶさ》かではない。しかし、前にも言ったように、わしのような、たかが傀儡師の力では、せいぜい一日か二日が良いところじゃよ。残念だがな」

「では」と陽一が尋ねる。「佐助さんのお知り合いとかに、そんな力を持っている人はいないんですか。どなたでも、結構ですから」

「だから」と佐助はイライラと答える。「これも前に言ったろうが。地獄の閻魔《えんま》に仕えておったような男ならば、可能じゃろうがな。つまり――」

そこまで言うと佐助は、急に口を閉ざして二人から視線を外し、ゴホンゴホンと咳払いした。そして、机の端に置いてある湯飲み茶碗《ぢゃわん》に手を伸ばすと蓋を開けて、おそらく今朝から置きっ放しだったと思われるお茶を、ズズズ、とすすった。

「ちょっと待って……」彩音はそんな佐助を見て、目を細めて尋ねる。「今何て言ったの？」

「い、いや、別に何も言いやせんが――」

「地獄の閻魔に仕えていた男って……。それって、小野篁《おののたかむら》じゃない！」

「そ、そうじゃったかのう——」

「平安前期の貴族よ。人並み外れた文才を持っていたにもかかわらず、遣唐副使の任命を蹴り、更に時の朝廷を批判したために、官位を剝奪《はくだつ》されて隠岐《おき》に流された」

「その時に詠んだ歌が」と陽一が言う。

「わたの原　八十島《やそしま》かけて漕ぎ出でぬと
　人には告げよ　あまの釣舟

・ですね。『百人一首』にも載っている」
そう、と彩音は頷いた。

「その後に許されて帰京したけれど、毎夜、六道珍皇寺《ろくどうちんのうじ》の井戸から地獄へと通い、閻魔に仕えて人の生死まで司れるようになったという。『野宰相《やさいしょう》』小野篁」

彩音は溜息を吐くと、佐助を睨んだ。

「私、今日、宮島で、高村皇という男に会った」

「えっ」今度は佐助が驚いて、彩音を見つめた。「何じゃと！」

「あなた、彼を知っているのね」

「い、いやいや」佐助は、プルプルと首を横に振る。「名前だけじゃ。名前しか知らん。会ったことはない」

「あの高村皇は、小野篁と関係あるの？」

「知らんと言っているだろうが」

「ニャンゴッ」

いつの間にか三人の側にやって来ていたグリも吠《ほ》えた。

「本当じゃ！　そうやって責められたところで、事実なのだから仕方ないわい」

「じゃあ、高村皇は何者？」しかし、彩音は更に詰め寄る。「今回の伏見稲荷の事件も、間違いなく彼らの仕業でしょう。あの人たちは、一体何を考えているの？」

「どうしてわしが、会ったこともない男の考えていることが分かるんじゃ」

「ニャンゴ」

「本当に会ったことないみたいだって」市松人形の頭を抱いた巳雨が、彩音たちのもとにやって来た。「グリも見たことがないって言ってる」

「それみろ」佐助は、ホッと胸を撫で下ろした。「噂だけで、顔も見たことがないわい。というより、奴の顔を知っている部下も、それほどいないらしいぞ。まあ、普通であれば余り会いたくはない人物じゃからの。よくおまえさんは会えたもんじゃ」

「死にそうになったけどね」彩音は苦笑した。「それでも、実体ではなかったみたい」

「強い念だけ飛ばせるということか」

「いいえ。自分の部下の体に憑依《ひょうい》してきたみたい」

「なるほどな」

　頷く佐助の前で、

「その高村皇が」陽一は苦々しい顔をした。「今度は、伏見稲荷大社で何かを画策しているわけですよね。おそらくまた、あの大社にいる怨霊たちを解き放とうとしていることは間違いないでしょう」

「じゃが」佐助は首を捻った。「わしは、稲荷神が怨霊だという話は聞いたことがないぞ」

「それは、山上伊豆母も言っていた」彩音は苦笑する。「でも、稲荷神が宇迦之御魂大神であり市杵嶋姫命であり、同時に弁才天だといわれているなら、怨霊神に間違いない。しかも今回、彼女の周りには狐たちがいる」

「狐というと、吒枳尼天か！」

「そういうこと」

　と答えてから、彩音は陽一を見た。

「ねえ、陽一くん。あの狐……彼女は、まだ生きているのかも知れないわね。それで今回、伏見稲荷大社で事件を起こしたのかも」

「磯笛ですね」陽一は頷く。

「でも、鎮女池《しずめ》に落ちたんですから、おそらく命は――」

「十種の神宝』のうちの『道反玉』を持っている」

「いいえ、分からないわ。可能性としては、充分にある。それに彼女は『十種の神宝』のうちの『道反玉』を持っている」

「ああ、そうですね。確かに」

「でも――」

彩音の目がキラリと光った。

「もしも彼女が生きていて伏見稲荷大社にいれば、そこに『道反玉』がある」

「そうです」陽一も身を乗り出す。「もしそうなら、何としてでも磯笛を捕まえて、神宝を手に入れたいですね！　一つでも二つでも増えれば、了さんが行う術の成功率も上がるはずだ」

「そういうこと」

「何という無茶なことを言う奴らじゃ」

顔をしかめて首を振る佐助の前で、

「ぼくは、今夜のうちに伏見稲荷大社まで移動します」陽一は言った。「彩音さんたちは少し休んで、夜が明けてからやって来てください。それまでに、できるだけ状況を調べておきますから」

「お願いするわ。万が一、何か突発的な事態が起こっていたら、すぐに知らせて」

「了解しました」

「気をつけてね。高村皇は来ていないと思うけど」

彩音は目を閉じて、両手の指でこめかみを押さえた。嫌な「気」は感じるものの、今のところ、宮島で体感した地の底へ引きずり込まれるような感覚はない。

「でも、磯笛がやって来ている可能性は捨てられないから」

「その点に関しては、特に注意します」

「巳雨も陽ちゃんと一緒に行く！」

「ニャンゴ」

「ダメよ」巳雨たちの訴えを、彩音は言下に否定する。「夜は魔物たちの時刻《とき》。危険すぎるわ。それに巳雨、もう寝ないと夜明けまで余り時間がないわ」

「新幹線の中で寝てきた」

「それでもダメ。第一あなたは、ただでさえ取り憑かれやすい体質なんだから。こんな時間に狐たちの側に行ったら、どうなるか分からない——。そうだわ」彩音は、佐助を見た。「和紙と筆を貸してもらえますか」

おお、と佐助は答える。

「ここらへんにある物で良ければ、どれでも使ってくれ。何をするんじゃ？」

「この子に、憑依除《よ》けのお守り——符呪《ふじゅ》を作ってあげたいの」

「ああ、それは良い考えじゃ。あの辺りには、たくさんの狐たちが跋扈しておるからの。これを使え」

と言って、佐助は和紙を一枚と、使い古した筆を差し出した。彩音は「ありがとう」と言ってそれを受け取ると、佐助の案内で手と口を漱《すす》ぎに立った。やがて手を拭きながら戻って来ると机の前に正座し、一度大きく深呼吸して、手元の硯《すずり》で墨を擦り始める。その軽やかな音と、澄んだ墨香《ぼっこう》が部屋中に広がった。

墨を擦り終わると、彩音は机の上の鋏《はさみ》を手に取り、和紙を長方形に切った。そして筆を墨に浸すと、再び大きく深呼吸して一度目を閉じ、口の中で呪文を唱える。それが終わると、スッと目を開いて息を止め、一気に書き上げた。

そこには墨跡《ぼくせき》黒々と「山、日、日、日、日、巳」その下には「喼急《きゅうきゅう》如律令《にょりつりょう》」とあった。

彩音は、ふうっと嘆息すると、その符呪を巳雨に手渡す。

「乾いたら畳んで、そのポーチに入れておきなさい」

「ありがとう、お姉ちゃん」巳雨は素直に微笑む。「もう、これで安心だね」

「余程のことがない限りはね」彩音も肩の力を抜いて笑った。「じゃあ、もう寝ましょう。佐助さん、お願いします」

「おお」佐助は応える。「煎餅布団《せんべいぶとん》じゃが、あっちの部屋に用意しよう。わしは、この仕事場で寝るからの」

「ニャンゴ」

「当たり前だよ。おまえと一緒の部屋は勘弁じゃ」

「申し訳ありません」彩音はペコリと頭を下げる。「私たちだけ、お布団で」

「いつものことじゃ。大抵は、ここで寝とるから」

「巳雨も手伝うね」

そう言って、全員で立ち上がり、陽一は玄関へと向かう。

「では、一足先に伏見稲荷大社へ行っています」

「お願い。でも注意してね」彩音は心配そうに声をかけた。「空気が異常に不穏だし、いくら陽一くんでも危険なことに変わりはないわ。あと、あなたの姿は一般の人たちに見えないとはいっても、あの磯笛たちには見えるんだから」

「わしにも見えるぞ」

佐助の言葉に、

「はい」と陽一は険しい顔に戻って頷いた。「気をつけます」

「私たちも、夜が明けたらすぐに行くから」彩音は目を細めた。「それまでに何かあったら、必ず連絡してね」

「分かりました。では」

陽一は、彩音たちに見送られながら佐助の家を出ると、深夜の山道を走り出した。ここから伏見稲荷大社までは、約四キロほどだろう。普通の人間ならばともかく、陽一ならば、あっという間に到着する。しかも、誰の目にも留まることなく。

というのも——。

陽一は、もう四年も前に死んでいる。そして「一般の人の目には見えないが、壁のように立ち塞がる妖怪」——ヌリカベとして、この世に蘇っているのだ。ヌリカベというと、つい水木《みずき》しげるのマンガのような、大きな壁の妖怪を思い浮かべてしまうかも知れないが、あの姿はあくまでも戯画で、実際は陽一のようにごく普通の人間の形をしている。ただ一般の人間と違うのは「目に見えない」そして「生きていない」という点だけだった。

陽一は夜道を走る。

伏見稲荷大社に到着したら、そのままお山を一周してみるつもりだった。陽一には、警官も警備員も防犯カメラも関係ないし、狐たちの霊も見える。だから、稲荷山で何か大きな異変が起こっていれば、すぐに彩音たちと通信すれば良い。

とにかく今は、あの場所で高村皇たちが、具体的に何をしようとしているのか、それを確かめなくてはならない。

陽一は、真夜中の京都の街を疾風のように駆け抜けた。

＊

丑の刻を過ぎた頃。

庭に何者かの気配を感じて、机の前にごろりと横になっていた佐助は目を開けた。

こんな時刻に誰だ？　訝《いぶか》しんで耳を澄ませると、ケン……、という微かな鳴き声が耳に届いた。

佐助は、ガバッと起き上がると神経を研ぎ澄ませて気配を窺う。彩音たちも気がついたか……。

しかし客人たちは、さすがに疲れ切って眠っているようだった。佐助は慎重に、カラリと窓を開けた。すると、庭の雑草の間に二つの赤い目が光っていた。狐だ。

佐助の背中に、冷たい汗が流れ落ちる。

その狐は佐助を認めると、こっちに来いというように首を上下させた。佐助は一度深呼吸すると、音を立てないように窓枠を乗り越え、静かに庭に降り立った。そして、そうっと草を掻き分けながら狐に近づく。

美しい銀色の毛並みの狐だった。

「磯笛の狐か」

小声で尋ねる佐助を見つめたまま、狐は小さく頷いた。

ということは、彩音たちの言っていたように、磯笛は生きているのか。そして今、ここ京都にやって来ているということなのか。佐助は、ぶるっと身震いした。

「それで」狐に顔を寄せると、呟くような声で尋ねた。「わしに、何の用があるというのだ」

すると狐は、佐助の瞳を覗き込むように目を光らせ、ニタリと笑った。

*

深夜の伏見稲荷大社。

内拝殿脇の神楽殿《かぐらでん》に、磯笛は昇っていた。

ここは明治十五年（一八八二）に能舞台としてシテ方金剛《こんごう》流より奉納された建物で、昔はこの場で、しばしば能が演じられていたという。しかし現在は、名前も「神楽殿」と改められ、主に神楽舞《まい》のみが舞われており、一般参拝客も希望して申し込めば、舞を拝観することができる。

しかし今は、深夜。もちろん、大社には無許可だ。

その舞台の上では、純白の千早《ちはや》に緋袴《ひばかま》、白足袋《たび》を身につけ、額には杉の葉を飾った二人の巫女が、月明かりの中で透き通るように舞っていた。

境内には人影もないが、万が一誰かが通りかかったとしても、ただ狐火が二つ、舞台の上でゆらゆらと燃えているようにしか見えないに違いない。だが、磯笛の目には美しい舞が映っていた。

巫女舞は、もともと神懸《かみが》かりの神事として執り行われていた、主として神楽における処女の舞であるが、もちろん例外も多数存在する。そして、その原型は、ここ伏見稲荷大社の祭神でもある天宇受売命が天照大神の天岩屋戸隠れの際、神々の前で披露した踊りともいわれている。それがやがて、巫女の神懸かりのための踊りとなった。

実際に昔は、巫女が湯の入った釜の周囲を、笏拍子《しやくびようし》、篳篥《ひちりき》、鉦鼓《しようこ》、和琴《わごん》などの管絃《かんげん》にのって巡り、手にした笹《ささ》や榊《さかき》の葉などで湯を浴び、神の霊を自らに乗り移らせるという呪法だった。それがいつしか時代を経るうちに、祈禱《きとう》・鎮魂の舞に変化して行ったのだろうと考えられている。

しかしどちらにしても、招魂《しようこん》の儀式であることに間違いはない。そもそも神楽は「神座《かむくら》」が語源とされているのであるから。太古から人々は、常に神と共に暮らしてきたのだ――。

やがて、そのうちの一人が正座して拝観していた磯笛の前に立ち、手にした神楽鈴を長く尾を引くように鳴らした。その涼やかな音色がさざ波のように引いて行くと、二人は磯笛の前に並んで正座した。つい数日前の磯笛のように背中まで届く長い黒髪、小さな色白の顔、そして瓜二つの細長い目、高い鼻、朱色の唇。それもそのはずで、彼女たちは双子の姉妹なのである。姉は、如月妖子《きさらぎようこ》、妹は如月霊子《れいこ》。ここ、深草の地に二人で暮らしている。

「わざわざ足をお運びいただき、御礼を申し上げます」

妖子は深く頭を下げた。続いて霊子が、

「しかも、つたない舞までごらんいただきまして」

そっくりな口調で言い、そして、

「ありがとうございました、磯笛さま」

呼吸を合わせたかのように、揃って再び頭を下げた。

「いいえ」磯笛は、黒い眼帯のまま小さく微笑む。「息がぴったりと合っていて、とても素晴らしかった。神があなたたちに降りて来ているような舞でした」

「今夜は」と妖子が言う。「神々が、ざわざわと立ち騒いでおります」

「おそらく」と霊子。「磯笛さまにお越しいただいたためではないかと思われます」

「そうかしら」

はい、と妖子は頷く。

「それで、来京のご用件は何でございますか」

「あなたたち姉妹に、手伝ってもらいたい仕事があるの」

「それは、いかようなことでしょう」

「あちらの千本鳥居に、飾りを吊りたいの」

「飾りとおっしゃいますと？」

「鳥居の飾り――垂《しで》を」

「えっ」

「でも、それだけじゃない」

「では何を？」

小首を傾げて顔を見合わせた二人に向かって、磯笛は声を一段と低く落とすと、高村皇に命じられた計画を伝えた。

その話が終わると、

「それは面白い」妖子は、キラキラと目を輝かせた。「素敵です」

「手伝ってもらえるかしら」

「もちろんです」霊子も、頰をピンク色に上気させて答える。「私たちでよろしければ、喜んで」

しかし、すぐに顔を曇らせた。

「ただ……」

「何かしら」

「はい」と、霊子は周囲を見回す。「その計画が成功いたしますと、この稲荷大社が、全て消えてしまうということですね。あの立派なご本殿も、この神楽殿も」

「それに加えて」妖子も複雑な顔つきで言う。「奥宮や白狐社も」

「確かにそうね」磯笛は、沈痛な面持ちで二人を見た。「あなたたちにとっては、哀しい仕事になるでしょうね。それでも、この仕事はやり遂げなくてはならない。私の口から言うのもおこがましいけれど、それは諦めて欲しい。本音を言ってしまえば私も、歴史的な建物や何千本という鳥居がなくなってしまうのは心が痛みます。ごめんなさい」

二人に向かって深々と頭を下げる磯笛を見て、あっ、と妖子たちは声を上げる。

「いえ――」

妖子は、あわてて謝った。

「も、申し訳ございません。私たちは、この大社が大好きなもので。つい、思わず個人的な感情を口にしてしまって」

「すみませんでした！」と霊子も急いで頭を下げた。「この大社が姿を消してしまっても、私たちにはお山がありますから平気です。そもそもこの土地には、このように絢爛《けんらん》豪華すぎる建物は必要なかった」

「妹の言う通りです」妖子も真摯《しんし》な表情で続けた。「お山こそが、稲荷の全て。この場所が昔のように草深い土地になったとしても、何の後悔もありません」

「そのお山も、少し荒れるでしょう。でもきっと、それが本来の稲荷の神の姿。どうか分かってね」

その言葉に、二人は顔を見合わせて頷いた。

「お気遣いいただき、ありがとうございます」妖子が顔を赤くして答えた。「いつの間にか俗に染まり、つまらない感傷を抱くようになってしまいました」

「私も、恥じ入ります」霊子が、改めて深々と頭を下げた。「稲荷の神さえいらっしゃれば、その他の雑多なものなど、ただ煩わしいだけ。むしろ磯笛さまのおかげで、私たちの本質を思い出すことができました。感謝します」

「では、協力してくれますか」

「もちろんです！」

二人は揃って答え、妖子が上目遣いで磯笛に言った。

「高村皇さまと――」

霊子が続ける。

「磯笛さま、そして吒枳尼天さまがおっしゃるのであれば――」

再び二人は声を合わせた。

「私たちの命を懸けましても」

「ありがとう」磯笛は、夏の夜の風のように微笑む。「では、具体的な話に入りましょう。稲荷神に捧げる、生贄《いけにえ》の話に」

「生贄を用意するのですね」

「いいえ、もう用意してあります」磯笛は二人を見て微笑む。「あとはただ、綺麗に吊すだけ」

＊

彩音たちは、夜が明けたばかりの京都の街を、タクシーに乗って伏見稲荷大社へと向かっていた。佐助に途中まで送ってもらい、そこから早朝の街を走っていたタクシーを拾って乗り込んだのだ。

さすがに、まだ京都の街は静かに眠っていた。道行く人の姿はもちろん見当たらず、ただトラックやタクシーなどが行き交うだけで、黒く厚い雲に覆われた街には、皓々《こうこう》と明かりが点《とも》っている。

そんな光景を眺めながら、彩音はズキズキと痛むこめかみを押さえて、自分の隣であっという間に寝息を立て始めた巳雨を見つめた。さっきは強がったものの、座席に座るとすぐに寝入ってしまった。当然だが、やはり疲れているのだ。

今朝――。

夏の早い夜明けと同時に、彩音は目覚めた。

喩《たと》えでも謙遜でもなく佐助の言葉通りの煎餅布団だったため、痛む関節を一つ一つ伸ばしながら、彩音は、ゆっくり起き上がった。三時間ほど眠ったろうか。頭が割れるように痛かった。しかしそれは、睡眠不足によるものか、それとも今この地で起こっている「何か」のせいなのか、その判断はつかなかった。

彩音は、まだ夢の中にいる巳雨とグリを見た。もしも起きないようであれば、このまま佐助に預かっていてもらおうと思っていた。やはり、一緒に伏見稲荷大社に行くのは危険すぎるような気がしているからだ。

しかし、彩音が顔を洗って戻って来ると巳雨は、お下げを揺らしながら眠たそうな目をこすり、布団の上に正座していた。その横で、グリも大きく伸びをしながら顎《あご》が外れそうなほどの欠伸《あくび》をした。

「巳雨」彩音は声をかける。「無理しないで、寝ていて良いのよ。陽一くんからは、まだ何も危険信号が入ってこないし、この先は私一人で大丈夫だから」

「……巳雨も行く」

「……ニャンゴ」

「でも、今回は本当に危ないのよ」

彩音は真剣な顔で言う。何しろ、大勢の狐たちが跋扈している場所に乗り込むのだ。何が起こるか想像がつかない。しかし、

「やだ。巳雨も行く」まだ寝惚《ねぼ》け眼《まなこ》のままで言う。「お姉ちゃんのお守りがあるから平気」

「ニャンゴ」

「グリも行くって」

「じゃあ」彩音は嘆息した。「とにかく佐助さんにご挨拶しましょう」

そう言って彩音が巳雨たちと一緒に仕事場に行くと、部屋には明かりが点っており、佐助が机の前に座っていた。どうやら、徹夜したらしい。赤い目で何か作業を続けていた。そこで彩音は、一晩泊めてもらったお礼を言って、一緒に伏見稲荷大社まで行ってもらえるかどうかを尋ねた。すると佐助は、できればここに残っていたいと言う。

「ニャンゴ！」

「い、いや、そうじゃない」佐助は急いで言った。「確かに恐ろしいのは恐ろしいが。それよりも……そうそう。あんたの妹のことを考えようと思ってな」

「摩季のことを？」

尋ねる彩音を見て、

「ああ」と佐助は何度も頷いた。

「何とか、力になれればと一晩考えていたんじゃ」

「えっ」

突然そんなことを口にした佐助に彩音は、

「よろしく、お願いします」驚きながらも頭を下げた。「大社には陽一くんもいるはずだから、私たちだけで行きます。佐助さんは、ここで摩季のことを！」

「お、おお。できる限りのことはしてみるつもりじゃ。なので、稲荷は頼む。本当に危険なようだが……」

「分かっています」彩音は痛むこめかみを押さえた。「何としてでも稲荷神に鎮まっていただかないと京都、いえ、それが引き金になって、この国自体も危なくなる」

「そうじゃ」佐助は頷く。「あんたの妹はもちろん、わしらの命さえも保証されん」

「ええ」

彩音は答えて、大急ぎで自分たちの身繕いをすると、佐助に見送られて出発したのだった――。

稲荷大社に近づくにつれて、段々と雷鳴が激しくなってくる。暗い雲の向こうで、稲妻が何本も光った。

「どうなっちゃってるんでしょうねえ」運転手が溜息混じりに言った。「これからお客さんが行かれる伏見稲荷の辺りは、本当に大変らしいですよ。昨日の夜も、落雷で停電した区画があったようですからね」

「お山にも落ちたと聞きました」

ええ、と運転手はバックミラー越しに彩音を見た。

「だから、大社には行かれても、稲荷山は止めておいた方が良いと思いますよ」

「ありがとうございます」

彩音は答えたが、その危険を承知で、お山に行かなくてはどうしようもないのだ。

自分に寄りかかって寝息を立てている巳雨の髪を撫でながら口を閉ざし、彩音は陽一とコンタクトを取る。

「今、巳雨たちと一緒に伏見稲荷大社に向かってる。そっちの様子は、どう？」

「酷いもんです」すぐに陽一の声が返ってきた。「千本鳥居は、もう半分以上倒壊しています。それだけではなく、お山の鳥居もかなり倒れています。あと、落雷でやられてしまった物が何本も」

「想像以上ね」

「警察や消防や鳥居修復の方たちが来ていましたけれど、とても手をつけられる状況ではないようですね」

「全て、高村皇たちのせいね」

「間違いないでしょう。磯笛は、きっと生きています。そして、この近くにいるようです。存在を感じますから」

「やっぱりね」彩音は目を閉じたまま頷いた。「気をつけてね。陽一くんにそういう感触があるということは、向こうも私たちに気づいているということだから」

「そうでしょうね。あっ……」

「どうしたの」

「また落雷です。さっきから、何度も稲荷山に落ちてます」

「その雷も、彼らが呼んできているのね」彩音は、こめかみを軽く押さえた。「それで、お山はどうだった？」

「落雷のおかげで、山全体に物凄い量のパワーが蓄積されていました。狐たちも、あちらこちらで騒いでいます」

「これから全ての鳥居を倒して、稲荷山に溜まっているその力を、一気に麓へと流し込もうとしているのね」

「でも！」陽一は叫んだ。「そんなことをしたら、麓にある大社の建物の殆どが吹き飛んでしまいますよ」

「きっと、それでも構わないと思っているのよ」

「あの奥宮や本殿がなくなっても、ということですか！」

「いいえ。それどころじゃないでしょうね。地元の街ごと消滅する」

「そんな……」

陽一が絶句した時、

「もうすぐ到着しますよ」運転手が言った。「正面につけます」

彩音は目を開けると「お願いします」と答えた。そして巳雨を起こして、グリの入ったキャリーバッグを背負うと、タクシーを降りた。そのまま大社に向かうと、朱塗りの大きな鳥居の下で陽一が待っていた。それにしても、稲光が凄い。続けざまに何本も、背後のお山に落ちている。

「ここ……どこ？」

寝惚けていた巳雨も、鳥居と陽一を見ると、

「あっ。お稲荷さんに着いたんだ！」いっぺんに目を覚ました。「陽ちゃんもいる」

「ニャンゴ」

「巳雨ちゃん、大丈夫？」陽一は気遣う。「眠くない？」

「平気」巳雨は、小さな両手で目をゴシゴシこすった。「もう目が覚めた。でも、お腹が痛い」

「それはそうだよね」陽一は巳雨に寄り添う。「物凄い負のパワーが充満しているから。お山では、ぼくも引き込まれそうになった」

さて、と彩音は見上げた。

「今から、そのお山に登りましょう」

「はい」

硬い表情で頷く陽一の隣で、

「ここは本当に、狐さんたちが多いね」巳雨は辺りを見回す。「おはようございます」

「ダメよ、巳雨！」

「どうして？　ご挨拶をしただけだよ」

いいから！　と言って彩音は巳雨を引き寄せる。

「ここにいる狐たちだって、私たち人間と同じなの。良い狐もいれば、悪い狐もいる。そして、たとえ良い狐だとしても、誰か悪くて力の強いモノに命令されれば、私たちに害をなすかも知れない。それは、その狐の本意じゃないとしてもね」

「本当だ！」巳雨は参道の隅を見た。「あそこで、子狐がいじめられてる」

そう言うと巳雨は、彩音の手を振り切って走り出した。

「ニャンゴ！」

グリもキャリーバッグから飛び出して、巳雨の後を追う。

「巳雨ちゃん！」

陽一と、そして彩音も走った。その前方で巳雨は、

「止めなさい」と闇に向かって手を挙げ、怒った。「あんたたちは、あっちに行きなさいよ！　帰りなさいっ」

「ニャンゴッ」

「何をしてるの、巳雨」彩音は真剣な顔で、再び巳雨を引き寄せる。「関わり合っちゃダメよ」

「だって、可哀想だったんだもの、あんな小さな一匹の狐さんを、みんなで苛《いじ》めて」

「いいから――」

「気をつけて帰るのよ。もう、悪い奴らはいなくなったから平気よ。いいよ、お、お礼なんて気にしないで。バイバイ」

「本当にこの子は……」

嘆息する彩音の横で、

「狐たちも、気が立っているんでしょう」陽一が言った。「お山があんなことになっているし、この先、何が起きるか想像がつかないから、みんなで怯《おび》えてる。そのはけ口として、仲間同士の喧嘩や、弱いもの苛めをしているんだ」

「それじゃ、なおさら私たちも気をつけないとね」

「はい。でも、それより巳雨ちゃんは大丈夫なんですか。ただでさえ、取り憑かれやすい体質なのに」

「うん」

巳雨はニッコリ笑うと、肩に斜めがけをしているトマト形のポーチを見せた。

「お姉ちゃんに、お守りを作ってもらった。だから、平気なの」

「お守り？」

尋ねる陽一に彩音は、寝る前に、佐助に筆と和紙を借りて憑依除けの符呪を書いたことを告げた。

「それなら、安心だ」

「今朝、出かける前にも、たすけのおじいちゃんに、もう一度見てもらったの。だから、巳雨もお山に行けるの」

「ニャンゴ」

「グリは、狐さんに取り憑かれないの？」

「ニャンゴ」

「取り憑く方だって」

「もう……」彩音は肩を竦めた。「それじゃ、出発しましょう。巳雨、本当に注意してよ。第一、巳雨に登れるかしら」

「以前に来た時」陽一が答えた。「地元の幼稚園児たちが、遠足で熊鷹社まで歩いていましたから、きっとそこくらいまでは――」

「全部行かれる！」巳雨は頬を膨らませて訴えた。「絶対にぐるっと回れる」

「遠足じゃないんだから」

「知ってるもん。でも平気だもん。ねえ、グリ」

「ニャンゴ」

「分かったわ」彩音は陽一と顔を見合わせて嘆息した。「でも、本当に危険だから、何かあったらすぐに戻るわよ。そして、勝手な行動は絶対に止めてね」

「うん」

「じゃあ、出発しましょう。どっちみち千本鳥居は通れないから、十石橋《じっこくばし》経由で」

「グリちゃんのキャリーバッグは、ぼくが背負います。まだ暗いですし、人も殆どいないですから、怪しまれないでしょう」

陽一はグリが入ったバッグを肩に掛けた。おそらく一般の人が見れば、バッグが宙にふわりと浮いているようにしか見えないだろう。でも彩音にとっては、

「助かる」

素直にお礼を言って、全員で稲荷山を目指した。

日の出の時刻はとっくに過ぎているというのに、空は相変わらず重苦しく厚い雲に

覆われて真っ暗だった。しかもそこに、しばしば稲妻が走り、雷鳴が轟く。

彩音たちは十石橋を渡ると、高い木々のそびえている道を避けて「神田」脇の緩やかな道を選んだ。その道はやがて、奥社奉拝所から続く鳥居の道と合流した。頭上では絶え間なく雷が鳴っていたが、彩音たちはそのまま、石畳の道を急ぐ。巳雨も顔を真っ赤にしながら六十三段の石段を登り終えて、全員で熊鷹社へと到達した。

辺りには誰の姿もなく、もちろん茶屋も閉じている。社の背後のこだま池は、不気味な鳴動を続けていたが、まだ静かに眠っているようだった。

彩音たちは熊鷹社に軽く参拝すると、先へと進んだ。

「ここからは、ずっと上りの石段が続きます」陽一は言った。「巳雨ちゃんも、無理だったらおんぶしてあげるから、いつでも言ってって」

「平気」巳雨は、肩で息をしながら首を振った。「大丈夫」

その言葉を受けて、全員で歩き始める。やがて石段の道は石畳に替わり、再び石段となる。そして三ツ辻を過ぎ、三徳社を過ぎた頃、空に稲妻が光り、雷鳴が轟く度に体を竦めながら、彩音たちは何とか四ツ辻まで登った。

いよいよ、ここからが「稲荷山」の本質だ。

一息ついて、まだ真っ暗な空の下に広がる京都の街並みを眺めれば、どこもかしこもどんよりとした大気に覆われていた。もちろん、四ツ辻の「仁志むら亭」も開いていない。というより、このお山に十八軒あるという茶店は、今日は一店舗も開かないだろう。おそらく店の人、誰もが山を降り、あるいは店の奥でこの雷雲が通り過ぎるのをじっと待っているに違いない。

「どうしますか」陽一が尋ねた。「どちらの道を？」

「順とか逆とか言っている場合じゃないから、とにかく一ノ峰を目指しましょう。稲荷山の頂点を」

「分かりました」と答えて、陽一は巳雨を見た。「どうしたの、巳雨ちゃん」

しかし巳雨は、真っ青な顔でお腹を押さえてブルブルと震えているだけだった。

「どう」彩音は巳雨の隣にしゃがんで尋ねる。「歩けそう？」

巳雨は無言のまま頷く。しかし、顔がこわばっていた。

「グリと一緒に、ここで待っている？　もしかすれば、お店の人たちや警察や消防の人たちが来てくれるかも知れないから」

しかし巳雨は、首を横に振った。

「一緒に……行く」

「さっき一周した時には」陽一が硬い表情で言った。「お山の中では、狐たちだけではなく、色々な霊が蠢《うごめ》いていました。だから、巳雨ちゃんたちをここに残して行く方が、かえって危険かも知れません」

「ニャンゴ」

「確かにそうだわ」彩音は頷く。「じゃあ、一緒に行きましょう。それにしても――」

　彩音は立ち上がりながら、目を細める。

「何なの、この音は。耳が千切れそう」

「物凄く強い『気』の流れです。雷によって蓄積された行き場のない『気』が、山の中を駆け巡っているんだ」陽一も顔をしかめた。「鳥居が全て壊されて結界がなくなれば、この『気』が一気に麓まで押し寄せて行くというわけです」

　そうね、と彩音は立ち上がった。

「急ぎましょう！」

　全員で石段を、そして石畳の道を登る。辺りの木々は右に左にと大きく揺らぎ、そこかしこから何者かの冷たい視線を感じた。お山にいる大勢の「モノ」が、彩音たちをじっと見つめているのだ。

　三ノ峰下社、荷田社、二ノ峰中社を過ぎ、息を切らしながら一ノ峰にたどり着く。そして、末広大神の神蹟に続く十四段の石段を登ろうとした時、空が一瞬真っ白になった。

「あっ」

　と叫んで彩音たちは地面に倒れ伏す。

間髪を入れずに、ピシャッ、という大きな音と共に、稲荷山を揺るがすような地鳴りと轟音が鳴り響いた。辺りの木々も波打つように揺らぐ。近くに落雷したのだ。

「彩音さんっ、巳雨ちゃん」陽一はグリのバッグを抱えながら、二人に走り寄った。

「大丈夫ですかっ。怪我は！」

「え、ええ」彩音は巳雨を庇《かば》いながら立ち上がる。「私は、平気。巳雨は？」

「………」

「巳雨？　どうしたの」

するると突然、巳雨が彩音の手を払いのけて立ち上がり、石段を数段駆け上がると、二人を振り返った。顔はこわばり、目が赤く吊り上がっている。

「巳雨！」彩音は驚いて駆け寄る。「どうしたの」

しかし巳雨は、獣のような目つきで彩音を、そして陽一を睨みつけた。

「——おまえたちは、何者だ」

えっ、と彩音は足を止めた。

「巳雨。あなた、まさか——」

「ニャンゴ！」

「——何者だ、と、訊いている」

「憑依されたのね！」彩音は青ざめた。「でも、どうして」

「符呪は？」陽一も驚いて駆け寄ろうとした。「彩音さんの作った、御符はっ」

「――ふん」

巳雨は赤い目を細く開いたまま、トマトのポーチを投げ捨てた。陽一は急いでそれを拾い上げて、ファスナーを開けて中を覗き込む。すると、

「切れ目が入っています！」

陽一が震える手で差し出した符呪を見て、彩音の顔がこわばった。確かに、符呪の中程に鋏を入れた痕がある。これでは、護符の役目を果たせるはずもない。

「――そんな屑紙は、何の役にも立たん」

「どうしてっ」

叫ぶ彩音に、

「ニャンゴオッ」

グリが憤りも顕わに鳴いた。

「佐助さんのようです」陽一が叫ぶ。「今朝出がけに鋏を入れたんでしょう」

「じゃあ、摩季の命を云々という話は、嘘だったのね！」

「そういうことのようです」

「ニャ！　ニャンゴッ」

「でも、どうして佐助さんが！」

だが今は、そんなことを詮索している場合ではなかった。彩音は巳雨に向かい、声を嗄《か》らして叫ぶ。

「こっちに来なさいっ。早くっ」

しかし巳雨は、彩音の言葉を無視して両腕を暗い空に向かって突き上げた。すると、それを合図のように黒雲が渦を巻いて彩音たちの頭上に集まって来る。

彩音は叫ぶ。

「あなたは、何者？」

もちろん、と巳雨は答える。

「――稲荷神」

「ならば、私たちはあなたにお話が！」

彩音の呼びかけを遮るように、

「――何一つ知らぬ輩《やから》は、山を降りろ」

巳雨が野太い声で命令した。

「何一つ知らないって、どういうこと！」

「――おまえたちは、稲荷に関して何も知らぬ」

「稲荷神の何を知らないというの」

彩音の問いかけを無視すると、

「――無知蒙昧《むちもうまい》な人間ども！」

巳雨は叫んだ。同時に、再び辺り一面が真っ白になり、鼓膜が破れるかと思われるような轟音と、立っているのが不可能なほどの地鳴りが、彩音たちに襲いかかった。

「うわあっ」

さすがの陽一も地面に倒れ伏す。

しかし続いて太い稲妻が空を走り、今度は一ノ峰の神蹟――大きな磐座目がけて落雷した。岩は、真夏の太陽のように黄金色に輝くと、ギン！　という大きな音を立てて真っ二つに割れた。その激しい衝撃の波動に弾かれて、巳雨の体が宙に飛ぶ。

「危ないっ」

陽一は自分の身を挺して巳雨の体を受け止めると、そのまま石段に転がった。

巳雨は何とかかすり傷で済んでいるものの、完全に意識を失っていた。

「一旦戻りましょう！」彩音は叫ぶ。「とにかく安全な場所まで」

「はいっ」

陽一は答えると巳雨を抱きかかえ、彩音はグリの入ったキャリーバッグを肩に掛けた。そして二人で、石段の道を転がるようにして駆け下りる。その間にも、背後では間断なく稲妻が光り雷鳴が轟く。彩音たちは、一目散に石段を下り、息を弾ませながら何とか四ツ辻まで戻った。だが、ここもまだ安心できない。斜め前方に延びる長い石段の上方では、田中社がギシギシと不気味な音を立てている。そこで彩音たちは、もっと下、熊鷹社まで戻ることにした。

「少し甘かったようね」更に石段を駆け下りながら、彩音は唇を噛んだ。「稲荷神の力は、予想以上に強い」

「ここには、眷属の狐たちが無数にいますから」陽一が巳雨を抱いたまま答える。「力が倍加されるんでしょう」

いいえ、と彩音は走りながら首を振る。

「そうだとしても、宇賀神だけにしては、力が大きすぎる。私たち、何かを見落としているのよ。ねえ、陽一くん。お山を一周した時、何か気がつかなかった？ 宇賀神と狐以外の何かに」

「確かに色々な神々がいました」陽一は真剣な目つきで思い出す。「大杉大神、眼力大神、薬力大神……あっ、そういえば」

「どうしたの」

「長者社に、雷石が」

「雷石？」

「この山に落ちた雷を封じたという、大きな岩がありました。今回の事件とも、何か関係しているのかも知れません。稲荷と雷はとても近しいと考えられていますし」

「確かにそうね」彩音は走りながら頷いた。「きっとその岩は、この稲荷山で間違いなく重要な位置を占めているはず。でも大体、どうして稲荷と雷が近しいの？」

「分かりません」

「ということは」彩音は陽一を見た。「またしても、あの人に訊かなくちゃならないわけね」

え——、と陽一は顔を曇らせる。

「もしかして……火地さんですか」

「お願い」彩音は懇願する。「訊いてきて欲しい。私たち、何かを見落としているのよ。だから、さっき稲荷神も全く相手にしてくれなかった」

「しかし、今から東京に行き、火地さんの話を聞いてすぐに彩音さんに連絡したとしても、三時間ほどかかってしまいます。それまで、お山は大丈夫でしょうか」

「何とも言えない」彩音は首を振った。「それでも、今はそうするしかない。他の方法が見当たらないの。このままでは、稲荷神と話もできないもの。私と巳雨とで、何とか三時間持ちこたえるわ」

「でも、巳雨ちゃんの意識はまだ戻っていません」

「じゃあ、私一人でも」

「それは危険すぎます。嚴島神社の時のように、誰かもう一人でも力を貸してくれる人がいれば良いんですけど……」

あの時は、地元の神——地主神の子孫たちが手を貸してくれたが、ここでは、未だそんな人間と巡り合っていない。しかし、

「いいえ」彩音は言った。「そんなことを言っている場合じゃないわ。とにかく、ここで何とかして踏みとどまらないと。だから陽一くん、お願い!」

「承知しました」陽一は顔を上げると、意を決したように頷いた。「今から急いで東京へ行きます。でも彩音さんたちは、もっと麓の近くで避難していてください。この辺りも、まだ危ないです」

「分かったわ。そうする」

と答えた時、彩音はキャリーバッグの中で騒いでいるグリに気がついた。先ほど、咄嗟《とっさ》に出入り口を完全に閉めてしまっていたらしく、グリは内側からガリガリと引っ掻いていた。

「どうしたの、グリ」

少し口を開けて尋ねる彩音に向かって、

「ニャンゴッ」

グリが、怒りを顕わにして声を上げた。しかし、

「ダメよ」彩音は首を横に振って止める。「今は、それどころじゃない。佐助さんの

件は、後回しにして」

「ニャンゴ！」

「この事件が無事に片づいたら、グリの好きにして良いから。今だけは私たちと一緒にいてちょうだい」

「そうだよ」と陽一も言う。「稲荷山の神が全部飛び出してきたら、佐助さんやぼくらどころじゃない。京都の街が、壊滅してしまうんだからね」

「巳雨もまだ意識が戻らないし、少しでも仲間が必要なの。私たちに力を貸して！　分かってちょうだい」

「ニャンゴ……」

声をひそめるグリを見て、

「良かったわ」彩音は安心したように嘆息した。「分かってくれて」

「ニャン……ゴ」

「じゃあ」と彩音は陽一を見た。「お願い。急いで」

「はい」

陽一は頷くと巳雨を彩音に預け、文字通り疾風の如く駆け出した。

だが、その後ろ姿を見送る彩音の胸は、不安で押し潰されそうになる。巳雨がこの状態の今、それこそ佐助でも良い、陽一が言ったように誰か手助けしてもらえる人間はいないだろうか……。

いや。

他力を当てにしている場合ではない。ここは、自分一人でも何とかしなくては。

彩音は悲壮な決意を胸に、巳雨を抱きかかえると、辺りに気を配りながら静かに石段を下り始めた。

*

夜明けだ。

太陽の匂いを感じる。

祈美子は、ゆっくりと目を開いた。

ここはどこ？

私はどうなったの？

ああ、そういえば――。

熊鷹社の竹屋さんで気が遠くなって、それから――。

記憶がない。

祈美子は、周囲の暗がりを見回した。

白っぽい天井、白っぽい壁、弱々しい朝日を受けている白っぽいカーテン。

そして、

「光昭さん！」

祈美子の寝ているベッドの傍らのイスに腰を下ろして、軽い寝息を立てていた光昭は、その声に目を開いた。

「ああ、祈美ちゃん」寝不足の顔で微笑んだ。「良かった、気がついたんだ。どう、様子は？」

何となく不自然な声——。

「ここは？」

「児島《こじま》先生の病院だよ」

地元の病院だ。院長先生とも親しい。

「私」祈美子は尋ねる。「どうなったの。今はいつ？」

「うん」

と答えて光昭は説明する。やはり昨日、竹屋で完全に意識を失って、救急車でここに運び込まれたらしい。

「落雷がショックだったんだろうね。かなり近くに落ちたみたいだったから」

そうだろうか。本当にそれだけが原因だったのか。

祈美子が訝しんでいると、

「気がついたの？」

えっ。

母の泰葉《やすは》の声ではないか。光昭と一緒に、この部屋に泊まっていたのか。

「母さん……」

「心配したのよ」

と言って泰葉は祈美子の側に歩いて来ると、児島先生にお願いして、あちらのベッドで寝かせてもらったのだと言った。そして昨日の話を詳しく伝える。熊鷹社で気を失ってしまった祈美子を光昭が背負い、救急車が登って来られる場所まで運んでくれた。そして、そこから救急車に乗って、ここ児島先生の病院まで来た。

「外傷も何もないから平気だって」泰葉は微笑む。「ただの、ショックだそうよ」

光昭が部屋の電気を点けた。その眩《まぶ》しさに、誰もが一瞬顔をしかめる。目を瞬かせながら周囲を見回すと、どうやらここは二人部屋で、そこに祈美子が一人で入院したらしい。だから、泰葉も一緒に泊まれたのだ。

「本当に、良かったわ」

そういえば、と祈美子は体を起こす。

「稲荷大社はどうなってるの」

「そんなことより、自分のことを考えなさい」

「お願い。教えて」

「しょうがない子ね」と言って泰葉は伝えた。「相変わらずみたいよ。こんなに落雷が酷いことなんて、近年まれに見る出来事だって。停電したままの地区もあるし」

「大社では、祈禱《きとう》を行っているの？」

さあ、と泰葉は首を傾げた。

「どうなんでしょうね」

こんな状況で、もしも祈禱が行われていないとしたら大事《おおごと》ではないか。祈美子の胸が痛む。

「あと、澤村さんの事件はどうなったの。犯人は捕まった？」

いいえ、と答えて泰葉は、チラリと光昭を見た。

「まだ、全く見当もついていないようよ」

「そんなことは」光昭は言う。「警察に任せて、祈美ちゃんはゆっくりと体を休ませるといい」

「そうよ。早く元通りにならないとね。私、看護師さんに連絡して来るわ」

「こんな時間に？」

枕元の時計に目をやる祈美子に、泰葉は微笑む。

「そう言われてるのよ」

泰葉が出て行くと、病室には祈美子と光昭の二人きりになった。しかし、何の会話もない。どうもおかしい。光昭は絶対に何かを隠している。それは何なのだ？　祈美子も、うまく切り出せないでいると、やがて泰葉と看護師が入ってきた。こちらも、顔なじみの看護師で、すぐに祈美子の血圧と脈拍を調べ、熱を測った。

「落ち着きましたね」と笑いかける。「院長先生の許可があれば、今日中に退院できるでしょう。それまで、ゆっくりお休みなさい。お母さん方も大丈夫ですよ」

と言い残して、帰って行った。

「じゃあ、私たちも一度、家に帰るわね」泰葉は言う。「また、朝食の頃に来るから」

「ぼくもまた来る」光昭も微笑んだ。「静かに寝ているといいよ」

泰葉が光昭にお礼を言い、光昭も「いえいえ」などと答えながら二人が病室を出て行ってしまうと、祈美子はベッドの上に起き上がった。

おかしい。

いや、みんなで嘘を吐いている。

光昭も泰葉も、そしてあの看護師も。

なぜ？

ここで何が起こっているの。

更に、あの稲荷山の状況。

今もまだ、狐たちが騒いでいる。その声が、ここにいる祈美子の耳にまで届く。しかもそれは、ただ単に落雷のせいだけじゃない。

大社では、本当に祈禱を行っているのだろうか。

伏見稲荷大社は、一体どうなってしまったのだろう！

祈美子はベッドから降り立つ。一瞬、頭がクラリとしたけれど、大丈夫。両足で床に立てた。祈美子は——おそらく泰葉が着せてくれたのだろう——パジャマを脱ぎ捨てた。着替えて、ここを脱け出すのだ。そして、もう一度稲荷山へ行かなくては。

大急ぎで身支度を調えながら、ふと思う。

祈美子が体調を崩し、気を失うまでになったのは、本当に落雷のせいだけだったのだろうか。今思うと、四ツ辻、あそこで光昭から手渡されたジュースを飲んでから、急に体調が悪くなったような気もする。それまで感じていた不快感が、一気に倍加されたような気も……。

いや。

光昭が、そんなことをするはずもない。それこそ「気のせい」だろう。

しかし——。

光昭が、何か隠し事をしているのは事実。それが何かを確かめなくては。

でも、今はまず稲荷山へ。

祈美子は急いで髪を整えると、こっそりと病室を出た。

4

まだ早朝。

彩音は巳雨を背負い、肩にはグリの入ったキャリーバッグをかけて、どうにかこうにか稲荷山を下りると、本殿横の授与所まで退いた。

周囲には数人の地元の人たちと、警官の姿だけしか見えない。彩音は、ホッと一息ついてキャリーバッグを降ろし、巳雨を抱きかかえて様子を見た。髪を撫で、うっすらとかいている額の汗を拭ってあげるが、まだ目を覚ます気配もない。

陽一はどうしただろう。彼の足ならばとっくに京都駅に到着しているはずだから、始発の新幹線に乗り込めるはず。そうすれば、約二時間で東京だ。陽一が火地晋から話を聞くまで、何とかここで持ちこたえなければならない。

そのためには、まず巳雨の目を覚ます。この子に力を貸してもらわないと、彩音一人ではおそらく無理だ。

一ノ峰では、間違いなく稲荷明神が乗り移っていたが、今は違う何か——おそらくは狐が憑いている。それが巳雨を眠らせているに違いない。あくまでも直感だが、そんな感触がある。だから、どこか適当な場所を探して、憑き物落としをしなくてはならない。彩音は「野狐」の憑き物は余り得意ではなかったが、この際、そんなことを言っている余裕はない。何とか成功させなくては。

そう思ってキャリーバッグを肩にかけ直し、巳雨をおぶって本殿裏へ回ろうとした時、

「あら！」という女性の声に立ち止まった。「貴船でお会いした、辻曲さんじゃないですか」

彩音が「えっ」と振り返れば、そこには彩音と同い年くらいでショートカットの可愛らしい女性と、色白でハンサムだが、いつも苦虫を噛み潰したような顔に無精髭《ぶしょうひげ》を生やした男性が並んで立っていた。一昨日貴船で別れた、京都府警捜査一課、加藤裕香巡査と、瀬口義孝警部補だ。

「おはようございます」彩音は、わざと慇懃《いんぎん》に挨拶する。「また、お会いしました」

「まだ京都にいらしたんですね」

ニコニコと微笑みながら近づいて来る裕香に、

「え、ええ……」

と彩音は曖昧な挨拶を返す。あれから奈良、三輪へ行き一旦東京に帰って、それから広島・嚴島へ出向き、再び京都にやって来たなどと正直に伝えると、間違いなく話が長くなる。

「あらら、みうちゃん、寝ちゃったんですね」

「はい。ちょっと……」

彩音が引きつりながら笑うと、

「また、きみたちか」瀬口が苦い顔で言った。「今度は、ここで何をしているんだ」

「もちろん」彩音は上目遣いで答えた。「伏見稲荷大社にお参りに」

「こんなに朝早くからか」

「稲荷山へも行こうかと思っているので」

「言っておくが、千本鳥居と奥社奉拝所は立ち入り禁止だ」

「大きな事件があったと聞きました」

「ええ」

と裕香が頷き、地元の人たちの殺人事件や、千本鳥居が次々に倒れている話などを告げた。そして現在、その原因を探索中なのだ、と。

「そのためかどうかは、分からないんですけど」裕香は彩音を見た。「いかがですか。この辺りの雰囲気も、おかしいでしょう」

「ええ。物凄く」彩音は頷く。「とっても不穏で剣呑《けんのん》です」

ほら！　と裕香は瀬口を見た。

「辻曲さんも、そうおっしゃっているじゃないですか。境内の空気が、異常に緊張しています」

「バカな」

鼻で嗤う瀬口に、彩音はオブラートに包んだ表現で告げる。

「実は、巳雨もその毒気に当てられたようなんです」

「やっぱり！」裕香は、くりっとした目を開いて何度も頷く。「警部補、ほらごらんなさい」

「何を見ろと言うんだ」

「事実ですよ！　今ここで起こっている現実を」

「実にくだらん」

でも、と彩音は言った。

「稲荷大社が危険なのは、本当です。このままでは、大変なことになります」

「どんな大変なことが起きると言うんだ」

「想像もつきません」

「少年少女空想科学近未来小説だな。ただの妄想だ」

「でも、どちらにしても」と裕香が心配そうに巳雨を見た。「みうちゃんを、どこかに運ばないと。もし何なら、救急車を呼びましょうか」

「ありがとうございます」彩音は軽く頭を下げた。「でもきっと、もうすぐ気がつくと思いますから」

「病院へ行った方が良いんじゃないか」瀬口が、いかにもこの場所から追い払おうというような顔で言った。「その方が、我々としても安心だ。加藤くん、手配して」

「でも……」

「急いでな。我々も、もう現場に戻らなくてはならんから」

「千本鳥居にですか」

目を細めて尋ねる彩音を横目で見て、

「もちろん、そうだ」と答える瀬口に、彩音は告げた。

「その事件の原因も、稲荷山にありそうです」

は？　瀬口は嗤った。

「あのお山の中に、事件の犯人が隠れているとでも？」

「はい」

「じゃあ、辻曲さんは、この事件の犯人を知っているとおっしゃるんですか」

「知っています」

きっぱり断定する彩音を冷ややかな目で見て、瀬口は尋ねる。

「では、ぜひとも教えていただきたいですな。一体、誰です」

「磯笛——大磯笛子《おおいそゆうこ》という女性です」

「大磯ゆうこね」瀬口はメモ帳を取り出そうともせずに尋ねる。「その女性は、何者ですか。まさか、狐とか」

「私が会った時は、鎌倉の女子高生でした。でも、今は知りません」

「大学生になったか、それとも就職したか」

「そういう意味ではありません。警部補のおっしゃる通り、彼女は冷酷で狡猾《こうかつ》な女狐《めぎつね》なので、今はどうしているか私には分からないんです」

やっぱり、と瀬口は冷たく頷いた。

「それで、稲荷山に戻って来たんじゃないかというわけだ。確かに筋は通っている」

「警部補！」裕香がたしなめる。「貴船の時もそうでしたけど、この方たちは嘘を吐いていませんでした。ですから今回も、きっと——」

「そうかね」

「本当です」彩音は目を細めた。「この一連の事件も、間違いなく彼女が」

「四人を殺したのも、ということですか！」

ええ、と彩音は裕香を、そして瀬口を見た。

「私の妹——つまり巳雨の姉も、彼女に殺されました。訊いていただければ、すぐに分かると思いますが、現在神奈川県警の刑事さんたちが捜査されています」

「何ですって！」裕香は目を丸くして瀬口を見た。「警部補、やはりもう少し、辻曲で、手一杯だ。その女の子の手当だけは、きちんと頼む」

「じゃあ、きみは残れば良い。生憎と俺は忙しいんでね。あと、京都府警管轄の事件
さんのお話を聞きましょう」

「警部補！」

二人に背中を見せた瀬口に向かって、裕香が呼びかけた時、

「警部補、大変ですっ」若い警官が走り寄って来た。「千本鳥居が」

「どうした？」

「また、倒れ始めましたっ」

「何だと」瀬口は詰め寄る。「だが、あの辺りは立ち入り禁止で、警官が何人も見張っているだろうが」

「はいっ。しかし、誰の姿も見当たりませんでした。なのに次々と」

「白狐ね」彩音が目を細めた。「本物の白狐は、人の目に留まらないから」

「ふん。しかし、きみには見えるんだな」

「見えるモノと、見えないモノとが」

「非常に分かりやすく、かつ、便利な説明だ」

瀬口の皮肉な視線を受けつつ、

「巳雨をお願いします」彩音は裕香に頼んだ。「私は、もう一度お山に行きますから」

「えっ」裕香は驚いて彩音を、そして巳雨を見た。「まだ、みうちゃんの具合が分からないし、それにこんな天候ですから、山歩きはとても危険です」

と話している間にも、何本もの稲妻が轟音と共に空を走った。しかし、

「いいえ」と彩音は山を見る。「行かないと。そして、磯笛を何とかして探し出さなくては」

「事件の主犯の女狐かね」瀬口は呆れ顔で言った。「悪いことは言わないから、止めておきなさい」

「巳雨をお願いします」彩音は瀬口の言葉を無視して、裕香に頼む。「加藤巡査」

「でも、本当に危険です！　茶店の人たちも、もう全員お山を下りたと聞きました。現在あのお山には、偵察の警官も含めても、殆ど人がいませんから」

「ここでただじっと待っていても、事件は何一つ解決しないんです。いえ、むしろどんどん悪くなる」

「じゃあ、私も行きます」

「いいえ。巳雨を頼みます。あなたまで、危険な目に遭わせることはできないから」

と答えて彩音が決意を固めた時、一人の若い女性が、足早に境内を横切ってくる姿が見えた。

「おや？」

瀬口が視線を走らせ、

「榁さん！」

裕香がその女性に向かって大声で叫んだ。

「どうなさったんですかっ」

「はい」と祈美子は、足も止めずに答える。「お山へ行かないと」

「何だとお」瀬口が裕香に向かって、吐き捨てるように吠えた。「加藤くん、どうしてきみの周りはこんな人間ばかりなんだ、ああ？」

「すみません」

意味も分からず謝る裕香に、

「全く、どうしようもないな。もう行くぞっ」

「いえ。その前に、榁さんのお話も」

「勝手にしろ」瀬口は、彩音たちに背中を向け、「但し、後で報告だけは忘れるなよ」

そう言い残して、警官と共に足早に立ち去って行った。

その光景を横目で眺めていた祈美子は、ふと立ち止まる。そして彩音のそばに近寄って来ると、巳雨をじっと見つめた。

「その子――」彩音に尋ねる。「どうして、狐に取り憑かれているんですか」

「分かりますか」

驚いて見つめ返す彩音に、祈美子は「はい」と頷いた。

「私も同じような経験があるので」

そこで彩音は手短な自己紹介と、先ほどの稲荷山での出来事を祈美子に伝えた。稲荷山で、稲荷神に憑かれてしまった。だが今は、その眷属である狐に取り憑かれてしまっているのではないか――。

瀬口がいなくて良かった、と思う。もしもまだこの場にいたら、また何を言われるか分からない。精神に異常を来《きた》したのではないかと思われるだろう。しかし、この場は裕香や祈美子だけ。二人は、真剣な顔つきで彩音の話に耳を傾けてくれた。

「じゃあ！」と裕香が、黒目をくりっと動かした。「みうちゃんは、稲荷神に取り憑かれてしまったということなんですね」

いいえ、と祈美子は二人を見て首を横に振った。

「稲荷明神ではありません。憑いているのは、彩音さんのおっしゃった通り、ごく普通の狐。おそらく、巳雨ちゃんの意識が戻らないように、見張っていろと命令されているんでしょう。でも、それほど陰険ではない狐のようですが」

「榁さん、そこまでお分かりになるんですか？」

驚いて尋ねる裕香と、そして彩音に向かって、祈美子は自己紹介する。実を言うと自分の家系は狐筋《きつねすじ》で、祈美子自身も、それを色濃く受け継いでしまっている――。

またしても瀬口がいたら、何と言うだろう。完全に呆れ果ててしまうだろうか。しかし彩音たちとグリは、その話を真剣に聞いた。

「では」と彩音は尋ねる。「その狐を、落とせますか？」

「この程度のレベルでしたら、おそらくは」

「それでは、お願いします」彩音は、真摯な眼差しで祈美子に頼んだ。「巳雨の意識を、こちら側に引き戻したいんです。きっと、この子の力も必要になるから」

「やってみましょう」

「榁さん……」裕香が心配そうに尋ねた。「勝手にそんなことをして、平気なんですか。今度は、榁さんに取り憑いてしまうとか、そんなことになりませんか？　狐は注意しないと恐いって――」

確かに私たちは、と祈美子は言う。

「昔から、狡賢《ずるがしこ》い嘘吐きや芸妓《げいぎ》・娼妓《しょうぎ》をキツネと称してきました。酷い例では『舟《ふな》狐《ぎつね》』という言葉まであるように」

「舟狐？」

「船中で体を売っていた下等私娼《ししょう》のことです」

「え……」

「『舟君《ふねのきみ》』とも呼ばれていました。これも、客をよく欺すからというのですが、これは狐に対して、非常に失礼なたとえです。そもそも狐は、稲荷神そのものとも考えられてきたんですから」

「そうですよね……」

「こちらがきちんと対応しさえすれば、狐は必ず親身に答えてくれます。でも、もちろん中には悪い狐もいます。しかしそれは、私たち人間と同じこと」

彩音と同じようなことを言う。この女性ならば信用できる、と感じた。同時に祈美子も、彩音に対してそんな感情を持ったのだろう、

「『稲荷大明神祭文《さいもん》』を、ご存知ですね」

まるで、昔からの友人のように問いかけた。そこで彩音は、

「ええ」と答える。「暗記しています」

「では、ご一緒にお願いします。その後で、私が『六字経』を唱えますから」

「『六字明王真言《ろくじみようおうしんごん》』ね」

「はい」

「それでは私は、人形《ひとかた》を作ります」

「助かります。よろしくお願いします」

ポカンとしている裕香の目の前で、彩音は手帳のページを裂くと、即席の人形を拵《こしら》え、そこに「天狐」「地狐」「妖狐《ようこ》」「霊狐《れいこ》」、そして何やら文字を書き込んだ。

その間にも、雷鳴が轟き、また一本の稲妻が稲荷山に落ちた。その大きな震動が地面を伝わって彩音たちに届く。

「急ぎましょう」祈美子が言った。「時間がありません」

「ええ」

と答えると彩音たちは、巳雨の前に進む。そして、背後から抱きかかえるようにしてしゃがむ裕香に一礼した。裕香も、ぎこちない礼を返す。すると彩音と祈美子は一瞬視線を交わし、同時に真言を唱え始めた。

「八相成道《はっしようじようどう》の時を守護せしめ給う、かるが故に等学一天《とうがくいってん》の秋風は无明《むみよう》の霧を払い、入乗玄門《にゆうじようげんもん》の月の影は下化衆生《げけしゆじよう》の谷を照らし、之《これ》に依《よ》って垂迹稲荷《すいじやくとうか》の明神は、大唐国に大汝《によ》小汝の代わりの政事《まつりごと》を成し給うとき、日本へ越し給うに、大難に逢わせ給う時、乙足《おとだれ》是を助け奉るに、我が朝《ちよう》に渡り来たり、稲荷《とうか》の明神と現じ、四天下の衆生に稲を与え、万民利養仏法王位を守護し――」

唱え終わると祈美子は、両手で印を結びながら、一言一言力強く発した。

「オム、マ、ニ、ペ、メ、フム！」

それに合わせて彩音が、先ほどの人形を巳雨の上に撒《ま》き散らした。

裕香は息を呑んでその仕草を、そして巳雨の顔を見つめる。

しかし巳雨の体は、ピクリとも反応しない。一方祈美子は、雷鳴轟く中で、再び

「六字明王真言」を唱える。すると巳雨のまぶたが、微かにピクリと動いた。それを彩音と祈美子に伝えようとして、裕香が顔を上げると、

「ニャンゴ！」

グリが、大きく鳴いた。

巳雨の目が、うっすらと開く。

「巳雨！」彩音が駆け寄る。「気がついた？」

「みうちゃん！」

巳雨は彩音を見て、次に背後から叫ぶ裕香をゆっくり振り返る。そして、眠そうな声で言った。

「あ……お姉ちゃん。それに、警察のお姉さんも」

「落ちました」祈美子が額の汗を拭った。「狐は今、お山へ」

「良かったわ、巳雨」彩音が巳雨の髪を撫でながら、祈美子にお礼を述べる。「ありがとうございました」

「狐のお姉さん？」巳雨が祈美子を見上げた。「今、呼んだ人？」

「そうです。聞こえましたか」

うん、と巳雨は目をこすりながら答えた。

「巳雨ね、ずっと狐さんと遊んでいたの。良いお爺《じい》さん狐だったよ。でも、狐のお姉

さんに言われて、お山に帰って行っちゃった。お山も今、悪い狐がたくさん増えちゃって、大変なことになってるって言ってた」

「急がなくちゃ」彩音は立ち上がる。「稲荷山へ」

「では、私も一緒に」

頷く祈美子に、彩音は尋ねる。

「協力してもらえるんですか」

「もちろんです」

「かなり危険ですよ」

「承知しています。一人でも行くつもりでした」

でも、とまだ巳雨の手を握ったまま裕香が尋ねる。

「稲荷山の、どこで何をするんですか」

「その答えを知らせてくれる人がいるの。もうすぐ連絡が入るはず」

「そんな人が？」

「人じゃないよ」

その巳雨の言葉に「えっ」と裕香が不思議そうな顔をした。

「人じゃない？」

いいい、とにかく、と彩音は言う。

「彼から連絡が入るまでに、お山に登っていたい。すぐ対応できるように」

「じゃあ、巳雨も行く！」

「ニャンゴ！」

巳雨とグリが叫んだが、

「あなたたちは、加藤巡査と一緒に麓で待っていて。巳雨、また取り憑かれたら大変でしょう。加藤さん、お願いします」

「それは良いですけど、たったお二人では危険です。せめて、誰か警官をご一緒させます。今から、その手配を」

「待っている時間はないでしょうね」

彩音は首を振ると、祈美子と共に貴金属を体から外して、巳雨に預ける。

「私たちは出発しますので、巳雨を頼みます」

「……了解しました」

裕香が厳しい表情で頷いた時、

「祈美ちゃん！」

と、大声を上げながら彩音たちに向かって走って来る男性の姿が見えた。

「光昭さん」

祈美子は一瞬動揺したが、すぐに冷静な顔つきになり、冷ややかな視線を男性に投

げつけた。それを見て、

「澤村さんじゃないですか」裕香もびっくりして尋ねる。「どうして、ここへ？」

ああ、と光昭は息を弾ませながら答える。

「病院からきみの姿が消えたと連絡があったから、きっとここに向かったに違いないと思って、急いで駆けつけて来たんだ」

「病院から？」

不審そうに尋ねる裕香の言葉を遮るように、祈美子は言った。

「彩音さん、急ぎましょう」

「え、ええ……」

「祈美ちゃん！」光昭は、祈美子の前に立ち塞がる。「まだ無理だ。病み上がりじゃないか」

しかし祈美子は、

「光昭さんは、麓にいてください」きっぱりと言う。「私たちについて来ないで」

「しかし、そんなことを言っても――」

いいから！　と祈美子は、鋭い目で光昭を睨む。

「加藤さんたちと一緒に、ここにいてください！」そして彩音を急《せ》かす。「さあ、行きましょう。ぐずぐずしている暇は、ありません」

「良いんですか」

二人を交互に見る彩音に、

「はい」祈美子は、力強く首肯した。「そうしてください」

その祈美子の迫力に押されて、

「では――」彩音は裕香を、そして光昭を見た。「行って来ます」

「後から、すぐに誰かを向かわせますから」

心配そうに言う裕香に、

「彩音さんと二人で、大丈夫です」

祈美子は、光昭を横目で見て言い放った。

不安そうな裕香と、じりじりしている光昭、そして巳雨とグリを麓に残したまま、彩音と祈美子は稲荷山へと向かった。

＊

陽一は大きく深呼吸すると、東京・新宿の裏通りにある猫柳珈琲店の前に立った。

店の外観はといえば、壁一面が蔦《つた》で覆われており、いかにも昭和の名曲喫茶という雰囲気が漂っている。但し店内に入れば、これでもかというほど観葉植物のプランターを押し込めてある、ただ単にレトロという言葉だけでは言い表しきれない珈琲店だった。

いつもならば誰かが来るのを待って、こっそり一緒に入るのだが、今日はそんな悠長なことをしていられなかった。陽一は、微かにドアを開けて中に入った。近くの客がちょっと小首を傾げただけで、誰にも見咎《みとが》められることもなく店の奥へと進む。

店は二階建てなのだが、中二階もあるために、ただでさえ入り組んだ通路が、輪をかけて複雑怪奇な動線を作りだしていた。まるで、どこかのテーマパークかワンダーランドのようだ。よく間違うことなく店員が、きちんと注文の品を届けられるものだと、やって来る度に感心してしまう。

そんな店の奥の奥。

一年中「Reserved——予約席」のプレートが置かれているテーブルに、火地晋はいた。相変わらず肩までの白髪を振り乱しながら、一心不乱に原稿用紙にペンを走らせている。その迫力に、陽一は一瞬気圧《けお》されて立ち止まった。

すると、その気配を感じ取ったのだろうか、火地はチラリと視線を上げたが、嫌な物が目に入ってしまったという表情で、すぐに再び原稿用紙に視線を落とすと、ガリガリと音を立ててペンを走らせた。

「あの……」陽一は、恐る恐る声をかけた。「連日、お世話になっています」

もちろん、返事はない。ただ、万年筆の走る音が響くだけだ。

「本当に、ありがとうございました」陽一は、深々とお辞儀する。「おかげさまで、助かりました」

すると火地は、

「昨日は」と顔も上げずに、嗄《しやが》れた声で苦々しげに口を開いた。「この世でわしが最も嫌いな二つの生き物がやって来おった。子供と猫がな。そして今日は、あんたか。何の因果か、暗澹《あんたん》たる日々じゃ」

「申し訳ありません」陽一は、引きつりながら深々とお辞儀をした。「でも、大変なことが起こっているんです」

「ふん」

「しかも、またしても京都なんです」

「遠い昔にどこかで聞いたことのあるような地名じゃな」

木で鼻をくくったような返事をする火地に向かって、

「とにかく話を聞いてください」

と言って陽一は、現在の伏見稲荷大社の様子を一気に告げた。人が四人も殺され、しかも稲荷山には相次いで落雷している。おそらくそれは、またしても怨霊を解き放とうとしている彼らのせいなのではないか——。しかし火地は、

「この世の出来事なんぞには、何の興味もないわい」と冷ややかに答える。「あんたも、いい加減そんなつまらんことに関わっておらんで、自分のやるべきことをやったらどうじゃ」

「いえ！　多分これが、今ぼくのやるべきことなんだと思います」

「そうか。それはご愁傷様なことじゃな」

「ですから！」陽一は身を乗り出す。「どうしても今回、稲荷神に関する話を聞かせていただきたいんです」

「それならば、自分で調べろ。そして自分の頭で考えたらいい。それから来い」

いいえ、と陽一は食い下がる。

「調べて考えました」

と言って陽一は、広島から京都までの新幹線の車中で彩音と話し合ったことや、インターネットを使って彩音に確認してもらった事実などを火地に伝えた。

「でも」陽一は辛そうに言う。「それにもかかわらず、お山では稲荷神に弾き飛ばされてしまったんです」

「はっ」と火地は嗤《わら》った。「それは確かに、稲荷神の言う通りじゃ。奴はいつも正しいのう。確かに、無知蒙昧な人間は稲荷山に入らんに越したことはない」

「ですから！」陽一は更に詰め寄る。「ぼくらが稲荷に関して、何を知っていて何を知らないのか、それを教えていただきたいんです。そして何とか、稲荷神に鎮まっていただかなくては」

「今のままでは、とても無理じゃろうな」

「どうしてですか！」

「あんたらは確かに、多くの知識を持っているかも知れん。じゃが、いかんせん大きく的を外しとる」

「えっ――」

「それに」火地は陽一の言葉を遮る。「わしの持っている知識を伝えることはできるが、稲荷神に鎮まってもらうなど、そんな方法までは知らん」

「それはぼくらで、どうにかして考えます。でも、そのためには稲荷神の本当の姿を知らないとならないんです。どんな神様で、どういう目に遭われていたのか。それを理解していないことには、お願い事も何もありませんから」

「少しは分かってきたようじゃな」

そう言って火地は、細い指で両切りショートピースを一本取り出すと火を点けた。

「そもそもあんたは、稲荷と聞いて何を想像する？」

「やはり、狐――吒枳尼天です」

「それ以外には？」

「いえ……特に」

「では、一旦それを忘れることじゃな」

「それは無理でしょう！」陽一は火地を、まじまじと見つめた。「稲荷と狐は、切っても切れない――」

「やはり、無理のようじゃな」火地は、プカリと煙を吐いた。「一から、いやゼロから話さなくてはならん。どっちみち、時間が足りん」

「い、いえ」陽一はあわてて頼む。「時間が足りないのは確かですけれど、ゼロからお願いします。全部聞きます。そうしないと、彩音さんや巳雨ちゃんが！」

「小娘が、どうかしたのか」

不審な顔で尋ねる火地に陽一は「はい」と答えて、稲荷山で――おそらくは狐に――憑依されてしまったことを告げた。そしてまだ、意識を失ったままでいる……。

「だからぼくも、一刻も早く真実を知りたいんです。しかも、稲荷に関する全てを。お願いします！」

その言葉に、火地は無言でプカリと煙を吐いた。そして言う。

「だが、あんたが狐から離れられなくては、話が全く進まん」

「分かりました。狐は忘れますっ。一旦頭から消しますので、お願いします！」

ふん、と鼻を鳴らして、火地は可愛らしい柄の座布団の上に座り直した。以前に

も、こんな座布団に座っていただろうか。ふと、疑問に思ったが、

「では、そこに座れ」

火地の言葉に促されて「ありがとうございます！」と陽一は、急いでイスに腰を下ろした。それを薄目で見ながら火地は煙を吹き上げ、ゆっくりと口を開く。

「『稲荷』という字の文献上の初出は、『類聚国史《るいじゅこくし》』淳和《じゅんな》天皇天長《てんちょう》四年（八二七）正月の詔といわれておる。また、稲荷勧請の最古の例としては承和《じょうわ》九年（八四二）に、小野篁が東北の鎮守として勧請した、宮城県の竹駒《たけこま》神社だ。それほどまでに稲荷は、遠い昔から深く信仰されてきたのじゃ。そして江戸時代にはあの有名な『町内に、伊勢屋稲荷に犬の糞《くそ》』という言葉まで作られた。ちなみにこの『伊勢屋』というのはもともと質屋であり両替屋、つまり現代でいう銀行に近かった。そして『犬の糞』は、徳川五代将軍・綱吉《つなよし》の発布した『生類憐《しょうるいあわ》れみの令』によって、江戸の町に野良犬が増えたためといわれとる。また、肝心の『稲荷』に関しては、ちょうど三井の越後屋が、稲荷を祀ったおかげで大きく商売が繁盛したという噂が広まったため、それに追随する人々が増えたからだという。つまり、この一種の揶揄《やゆ》言葉は、江戸町民の恨み辛みや妬みが籠もっているものだと考えて良いな」

「そう……いうことなんですね」

いきなり、陽一の常識が揺らぐ。

伊勢屋稲荷——の文句は、ただ単に江戸の風景を「い」で始まる言葉を並べ、小馬鹿にして楽しんでいたものだとばかり思っていた。こんなところにも、当時の人々の押し隠された複雑な思いが籠められていたとは知らなかった。

「それでも」陽一は尋ねる。「どちらにしても、稲荷信仰は人々の間に広く深く広まっていたことに間違いないですよね。じゃあ、その理由は何だったんですか？」

「それはまず、稲荷の本質であり全てである、稲荷山の話から始めんとならん」

火地は、プカリと煙を吐き出した。

「その当時、稲荷山に詣でることは、男女を問わず都人の大きな楽しみじゃった。特に旧暦二月の初午の日は、稲荷神が降臨した日だということで、人出が格別に多かった。『今昔物語集』巻二十八にも、

『今《いまはむかし》昔、衣曝《きさらぎ》の始午《はつうま》の日は、昔より京中に上中下《かみなかしも》の人、稲荷詣《もうで》とて参り集ふ日也。其れに、例よりは人多く詣ける年有けり』

この年は、例年より参る人が多く、中社近くなるほどに参る人帰る人、さまざまに行き違っていた——とあるほどじゃな。そして、そんな稲荷山の縁起として、後世のさまざまな書物に引用されて有名なのは『山城国風土記』逸文の『伊奈利《いなり》の社』の文章じゃ」

と言って、火地は軽く目を閉じると暗唱した。

「『山城風土記に曰《い》はく、伊奈利の社、いなりと称《い》へるは、秦中家忌寸《はたのなかつえのいみきら》等が遠祖《とおつおや》伊侶《いろ》具《ぐ》の秦公《はたのきみ》、稲梁《いね》を積みて富裕《とみ》を有《たも》ちき。すなはち、餅を的と為しかば、白鳥と化成《な》りて、飛び翔《かけ》りて山の峰に居り、稲なり生《お》ひき。遂に社の名と為しき。その苗裔《はつこ》に至り、先の過《あやまち》を悔いて、社の木を抜《ねこじ》にして家に殖ゑて禱《の》み祭りき。今その木を殖ゑて蘇《い》きば福《さきわい》を得、その木を殖ゑて枯れば福あらじとす』――。

つまり、秦氏の遠祖の伊侶具が、富裕を誇って驕《おご》り、餅を的として射たところ、餅は白鳥の姿となって空を飛び去り、山の峰に降りて稲を生じた。それが稲荷の社であるという。更にその子孫にいたって先祖の過《あやま》ちを悔いて、社の木を根つきのまま引いてきて、家に植えて祀った――というわけじゃ。この文章に関しては、何を言っているのか要領を得ないという説もあるが、ある意味で本質を突いている」

「そう……ですか」

陽一は首を捻った。

「その文章は、ぼくも読んだことがありますけど、やはり意味が良く分かりませんでした。第一、財を得て驕り高ぶった伊侶具が傲慢にも餅を射た結果、今度は更に稲田を手に入れたというんですから、『先祖の過ち』でも信賞必罰《しんしょうひつばつ》でもなんでもない。ストーリーとしても、滅茶苦茶です」

「しかし、これらにも意味がある。きちんとな」

火地は、煙草を消した。

「それと、あんたも知っておろうが、ちなみに秦氏は大陸から渡来した大氏族で、秦《しん》の始皇帝の後裔《こうえい》と伝えられるが、この点に関しては稲荷の話から大きく逸《そ》れてしまうので、今は秦氏そのものに関しては突っ込まん」

「『弓月君《ゆづきのきみ》』、ですね」

「そうじゃ。『日本書紀』では、応神《おうじん》天皇の十四年に、百済《くだら》に移住していた秦人《はたびと》・漢人《あやびと》ら百二十七県の民を率いて渡来したと伝えておる。『是歳《ことし》、弓月君、百済より来帰《もうけ》り』じゃ。また、欽明《きんめい》天皇の即位前紀には『秦大津父《はたのおおつち》』の説話が記されているな。天皇がまだ年少の頃、夢に人が現れて『秦大津父という者を寵愛《ちょうあい》なさったら、やがて天下をお治めになりましょう』と告げたという話じゃ。

『天皇《すめらみこと》、秦大津父といふ者《ひと》を寵愛《めぐ》みたまはば、壮大《おとこさかり》に及《いた》りて、必ず天下《あめのした》を有《し》らさむ』――となぁ。そこで、天皇が広くその人を捜し求めると、山城国深草《ふかくさ》の里、現在の深草街道・伏見街道の辺りで大津父を見つけることができた。すぐに霊夢のことを告げて『おまえに何事があったのか』とお尋ねになると、次のような話を語って聞かせた。

『格別のことでもございませんが、私が伊勢で商いをして帰る途中の山中で、二匹の狼があい争って血まみれになっているのに逢いました。そこで馬から降り、口や手をすすいで、謹んで申しましたことには、「おまえたちは貴い神性を持ちながら、荒々しい業《わざ》を好む。もし猟師に見つかれば、すぐさま捕らえられるはずだ」といって争いを止めさせ、血を拭って放してやりました』

それを聞いた欽明天皇は『きっとその善行の報いであろう』と言って、ご即位の後は大津父を大蔵の省《つかさ》として重用なさった――という」

いくら人間ではないといっても、相変わらず火地の記憶力は凄い。一言一句とはいかないだろうが、おそらく殆ど間違ってはいないだろう。

陽一がそんなことに感心していると、更に続けた。

「神道学者の西田長男《にしだながお》は、こう言っておる。

『この二匹の狼はすでに「汝是貴神《かしこきかみ》」とも記されているように、神そのものとして考えられていたのである。（中略）「オオカミ」というのが、すでに「大神《おおかみ》」の意であることはあらためて述べるまでもないであろう。それが一般に山の神であると考えられていたこともまたここに説明を加えるまでもなかろう』――とな」

その言葉に「なるほど」と頷いた後、

「でも」と陽一は尋ねる。「そんな秦氏が祀った神が稲荷神ならば、とても有難いじゃないですか。どうして恐れられるんでしょうか。それは、やっぱり
狐――。

そう言おうとして、陽一は口を閉ざした。狐を一旦忘れろ、と火地は言った。ということは、おそらく他の理由があるということだ。

「『古今著聞集』巻第一、には」と火地は言う。「貞崇《じようそう》法師が清涼殿《せいりようでん》で念仏をした時、稲荷神が現れて大般若経《だいはんにや》の読誦《どくじゆ》を勧めた話が書かれておる。

『延長八年（九三〇）六月二十九日の夜、貞崇法師勅をうけたまはりて、清涼殿に候ひて念仏し侍りけるに、夜やうやう深《ふ》けて、東の庇《ひさし》に大きなる人の歩《あゆ》む音聞えけり。貞崇、簾《すだれ》をかきあげて見ければ、歩み帰る音して人見えず。そののちまた小人の歩み来る声す。やうやう近くなりて、女の声にて、「何によりて候ふぞ」と問ひければ、貞崇、勅をうけたまはりて候ふよしをこたふ。小人のいひけるは、「先の度《たび》、汝《なんじ》、大《だい》般若《はんにや》の御読経つかうまつりしに験《げん》ありき。はじめ歩み来たりつるものは邪気なり。かの経によりて足焼け損じて調伏《ちようぶく》せられぬ。後のたびの金剛般若の御読経奉仕の時は験なかりき。このよしを奏聞して大般若の御読経をつとめよ。我はこれ稲荷の神なり」とて、失せ給ひぬ。貞崇、このよしを奏聞し侍りけり』——とな」

「はあ……」

「また『稲荷縁起絵詞』では、元寇《げんこう》の際の異国降伏の大将は、稲荷大明神と春日大明神であったという説話が書かれておる。ただ、そこに密教が絡んで、稲荷神の神威がいかに優れているかという話と同時に『稲荷明神縁起』や『元要記《げんようき》』などには、稲荷神が生前に弘法大師と仏法守護を約束したという話も収録されておる」

「稲荷神と弘法大師・空海ですね」

「そうじゃな。事実、稲荷大明神と東寺を管轄《かんかつ》しておった空海との説話は、非常に多い」火地は煙草を消した。「あんたは、稲荷神の神階を知っておるじゃろう」

「もちろん」陽一は首肯する。「正一位です」

「稲荷は、空海の東寺造営にあたって鎮守とされたことを契機に神階を高め、やがて正一位を得たんじゃが」

火地は陽一を見た。

「稲荷神がなぜ、正一位という極位にまで上り詰めたのか。理由は、空海にある」

それは、と陽一が答える。

「やはり、朝廷に力を持っていた空海と関係が深かったからでしょうね。特別に優遇された」

バカか、と火地は吐き捨てた。そして、

「え。それじゃ、その理由は何だったんですか?」

聞き返す陽一に向かって言った。

「理由は単純。稲荷が、酷く祟《たた》ったからじゃ」

「祟った?」陽一は思わず叫んでしまった。「狐ではなく、稲荷神そのものが」

「狐は今、関係ないと言ったろうが」

大きな目でギロリと睨まれた陽一は、慌てて答える。

「あっ。すみません！　狐は忘れます。でも、どうして稲荷神が？」

空海は、と火地は言った。

「延暦《えんりゃく》二十三年（八〇四）から二年間、唐に留学して密教の奥義を得た。帰国後、高《こう》野山《やさん》の開山事業に携わり、弘仁十四年（八二三）正月に、嵯峨《さが》天皇より平安京の官寺である東寺を下賜《かし》された。その勅命を拝した空海は、これを教王護国寺《きょうおうごこくじ》と呼称して、ここを真言密教の布教活動の拠点とするべく、大規模な造営事業に着手した。というのも、その当時は寺の伽藍整備が全く進んでおらず、金堂とわずかな僧坊が建つのみだったからじゃ。しかし空海は、講堂・灌頂《かんじょう》堂・鐘楼・経蔵・五重塔と、次々と建立した。その中でも、五重塔の建造は一大事業となり、空海が広く勧進《かんじん》を呼びかけた。そして結局、五重塔の建立にあたっては、稲荷山から大量の用材を調達した。伐り出された用材は、塔心《とうしん》材四本、幢《どう》材四本、幢柱十六本の、会わせて二十四本だった。しかも、それらを無断で伐採したという」

「無断……ということは、まさかそれが原因で？」

「そうじゃ」火地はコクリと頷いた。「当時の帝だった淳和天皇が、突如として体調を崩したんじゃ」

「ああ……」

「『日本後紀』や『性霊集《しょうりょう》』や『類聚国史』などに、占いによってその原因が、稲荷山の神木を伐採したことによる祟りと判明したとある。『占いに求めると、稲荷神社の樹《き》を伐れる罪、祟りに出たりと申す』とな。更に『類聚国史』は、この前後で京都に大地震が襲ったことを記している。『地大いに震い、多く舎屋を頽《たお》す。年を越えて止まず』じゃ。そこで淳和天皇は、天長四年（八二七）正月に使者を遣わして深謝し、稲荷大神に従五位下の神階を贈ったんじゃ。『日本後紀』には、この祟りが稲荷神によるものであれば癒やして欲しい、またそうでないとしても、威力のある稲荷神によって快癒することを頼んだ、と書かれておる」

「なるほど」陽一は頷く。「それがきっかけで、稲荷神の神階はどんどん高くなって行ったというわけですか」

「そういうことだな。そして、東寺の鎮守神として迎えられたんじゃ。それを象徴する儀礼として、毎年五月三日の稲荷祭の還幸祭《かんこう》では五柱《いつはしら》の神を乗せた五基の御輿《みこし》が東寺の東門に立ち寄り、その場で僧侶による『神供《じんく》』を受ける。その時は、僧侶がずらりと並んで、稲荷神の御輿を迎えるんじゃ」

「その話も聞いたことがありますけど、そんな理由からだったんですね」陽一は納得した。「とにかく、その結果として稲荷神は、ついに正一位に」

「天慶《てんぎよう》五年（九四二）に、その極位に達したんじゃが、それにもまた理由がある」

「えっ。まさか、また祟りが？」

「今度は祟りではない。天慶二年から四年にかけては、平 将門《たいらのまさかど》と藤原純友《ふじわらのすみとも》が東西相呼応して叛乱《はんらん》を起こしたため、朝廷には激震が走った。そこで貴族たちは、稲荷にすがったんじゃ。もちろん東寺も、将門たちの調伏に協力した」

「そういうことですか……」

陽一は唸《うな》った。全ての事象には、きちんと裏打ちされた理由があるものだ。それを知っておかないと、神懸かりだ、神威だという伝説になってしまう。

いや、れっきとした幽霊である火地の話を聞いているヌリカベの自分が言うのもおかしな話だが――。

「つまり」陽一は、呟くように言った。「伏見稲荷大社は、結果的に朝廷に協力したことになりますけど、本当は東寺との間に大きな確執があったということですね」

「東寺に土地を取られたという話も残っておる。だから、御輿渡御《とぎよ》の際に手厚い出迎えを受けるのだとな」

「なるほど。しかし、それは酷い話です」

だが、と火地は言う。

「稲荷大社も、現在の地に収まる際には、かなりあくどいことをしておるぞ」

「え？」

「あんたも知っておるように、稲荷神の本質は稲荷山にある。現在、社殿が建ち並んでおる場所は、昔はその地名の通り『深草』、草深い土地だった。しかもそこには『藤尾社』、現在の藤森《ふじのもり》神社が建っており、その土地を所有しておった」

「藤森神社、ですか」

「そうじゃ。ところがある時、稲荷社の人間たちがやって来て『藁《わら》を置く場所を貸して欲しい』と言った。そこで藤森神社側は、そんな少しの場所ならば良いだろうと思って許可すると、彼らは藁を一本ずつ結んで繋げ、お山の周囲をぐるりと取り囲んでしまったという。そのため、結局あの辺りの土地を、全部持って行かれてしまった」

「それもまた、輪をかけて酷い話ですね！」

「更に空海の時代になると、藤森神社の激しい抗議に際して『十年だけ借りる』という証文をしたためた。それならばと藤森神社が安心していると、空海は『十』の上にわざと墨を落として『千』にしてしまった。そのため、現在に至っているという」

「ああ。同じような話を高野山でも聞いたことがあります。その時も、やっぱり空海でしたけど」

「まあ、年代もかなり離れておるし、どちらも俗説の類いじゃが、藤森神社が稲荷大社、そして東寺に何らかの方法で土地を騙《だま》し取られたということは間違いないな」

「もし、それが真実ならば、とんでもなく無茶苦茶な話です」

憤る陽一に向かって火地は、

「だが、この話が真実だろうと思わせる証拠が三つある」

と答えて、骨のような指を三本立てた。

「一つめは、稲荷大社門前町に住む殆どの人たちが、現在も藤森神社の氏子だということじゃ」

「稲荷大社じゃないんですか！」

「稲荷大社の氏子は、もっと京都駅寄りか、かえって地方に住んでいる人の割合が多い。伏見稲荷大社の近くは、藤森神社の氏子地域になっておる」

「そうだったんですね」陽一は頷いた。「そして、あと二つは何ですか？」

「藤森神社で執り行われる毎年五月五日の祭礼には、御輿三基の渡御がある。その御輿は伏見稲荷大社の境内まで渡るんじゃが、その際には大社側から供饌《ぐせん》の儀が行われるんじゃ」

「それは、東寺が大社の御輿に対して行っていることと、同じ意味ですか」

「それどころではない。つい数十年前までは、御輿をかつぐ藤森の氏子たちが社頭に向かって『土地返しや、土地返しや』と囃《はや》したてておった」

「えっ。土地を返せと！」

「余程酷い手段で奪われたとみえて、怒りが激しかったんじゃろうな。今でこそ『供饌の儀』になっているが、実際にそうやって叫んだ経験があるという老人が、まだ藤森神社の氏子に何人も残っておる。だから」

火地は三本目の指を折った。

「藤森神社は稲荷社門前でありながら、今以て一度も稲荷祭に参加しないんじゃ」

「そういう事情があったんですか……」

大きく嘆息する陽一に向かって、

「山上伊豆母、という御仁がこういうことを書いておる」

火地は目を閉じて暗唱した。

「『藤森の藤の名は、じつは稲荷山西麓、いまの稲荷大社の社地「藤尾」に起源する。藤尾郷の地主神は「藤尾社」あるいは「藤野井社」と呼ばれ、神護景雲《じんごけいうん》年間（七六七―七七〇）の鎮座と伝えられる。藤尾はまた「天皇塚」とも称されて「崇道尽敬《すどうじんけい》皇帝」（舎人《とねり》親王）の陵墓の伝承地になり、「弓兵政所記《ゆづえまんどころき》」は「天平七年（七三五）十一月乙丑（舎人）親王薨、寿六十歳、山背国深草山麓藤尾に葬る。即ち今の藤森なり」という古伝をのせている。「今、稲荷本社の後林中に椎の古木のある地に、みだりに入ると祟る。これ親王の墓所」という伝承もある』――とな。現在、藤森神社では舎人親王を祀っているし、境内には親王の立派な石碑も建っておる」

「そうなんですか……」と一瞬考えた後、陽一は尋ねる。「その藤森神社の祭神は、誰なんでしょうか」

「良い質問じゃ」火地は、ほんのわずか微笑んだ。「おそらく、その神々が最初に深草、つまり今の伏見稲荷大社が建っておる場所に、もともと祀られていた神々になるわけじゃからの」

「はい」

真剣な目つきで大きく頷く陽一に、火地は立て板に水を流すように答えた。

「本殿には、素盞鳴尊・別雷《わけいかずち》命・日本武尊《やまとたけるのみこと》・応神《おうじん》天皇・仁徳《にんとく》天皇・神功《じんぐう》皇后・武内宿禰《たけのうちのすくね》。東殿には、天武《てんむ》天皇・舎人親王。西殿には、早良《さわら》親王・伊予《いよ》親王・井上《いがみ》内親王じゃ」

「それって！」

「ああ」と火地は頷き、「天皇関係を除けば、蘇我《そが》氏・紀《き》氏・賀茂《かも》氏系の神々じゃ。そして、ほぼ全員が――」

煙草に手を伸ばした。

「怨霊じゃ」

陽一は眉をひそめる。

しかし、まさかここで、素戔嗚尊や日本武尊の名前を聞くことになるとは思っていなかった——。

「でも……」陽一は、ふと思って尋ねた。「伏見稲荷大社創祀に関わった、肝心の秦氏の名前が出てきませんでしたけど」

「餅を射て稲荷大社を造ったという秦伊侶具は、賀茂《かも》建角身命《たけつぬみ》の二十四世の孫、賀茂《かも》県主久治良《あがたぬしくじら》の末子だという説もある。また、稲荷山の劔石近くの長者社には、秦氏の女神として賀茂玉依比売命《たまよりひめ》を祀っておる。しかし、どちらにしても秦氏・賀茂氏・蘇我氏は非常に近しい仲にあったからの。更につけ加えれば、ここで物部《もののべ》氏が出てくればアガリじゃ」

「そういうこと……ですね」

ここに物部氏が加われば、日本を象《かたど》る、そしてやがて怨霊となって行った大きな氏族が、全部出揃う。

小さく首肯する陽一に、火地は思い出したように言った。

「今、名前が出た山上伊豆母だが、この御仁はこんなことを提示しとる。『稲荷史六つの謎』じゃが、知っておるか」

「はい」陽一は答える。「昨日、新幹線の中で彩音さんが、インターネットで引いてくれました。確か……」

陽一が話し、それを火地が補う。

その一、農耕龍雷神。

『日本書紀』雄略紀や神武紀より、山の精霊は「龍雷神」であることが理解される。また「お塚」の岩石崇拝にしても『古事記』神生みの段などから、岩石のスピリットもまた雷神であることが判明する——。

「しかしここでは、どうして農耕神が龍雷神なのかという疑問を呈していますが、答えは書かれていません」

「そういうことじゃな。次は」

「はい」

その二、穀霊白鳥。

『山城国風土記』逸文や『豊後国風土記《ぶんごのくに》』より、白鳥伝説があるとする。そして、山城国も豊後国も、秦氏ゆかりの地である。では、なぜ「稲（餅）」と「白鳥」が結びついたのか——。

「これは、実に謎ですね……」

顔をしかめる陽一を無視して、火地は言う。

「次は」

その三、稲荷神と御霊会。

荒神《あらがみ》でもない稲荷の祭が「御霊会」と呼ばれたのはなぜだろうか——。

「これに関しては、今少しだけ説明したな。稲荷神は、あくまでも『祟る』神じゃ。だが、それに関しての詳しいことは、後回しじゃ。次」

その四、稲と杉。

杉の小枝を神山から持ち帰る以前は、稲苗あるいは稲穂が社から分与されたと私考する。稲穂の模型として杉枝を用いることは稲作の予祝儀礼として全国に行なわれることである。

また、その日にちも、伏見稲荷大社の創祀が二月午日《うまのひ》であることから「初午」が最も重要な参詣行事となり――。

「これも不思議だったんです」

陽一は思わず身を乗り出した。

「どうして稲荷と『初午』が結びつくんでしょうか。殆ど関係ないというのに」

「関係のないものが結びつくわけがないじゃろう」火地は苦々しげに言った。「しかし、肥後《ひご》和男《かずお》なども、

『この初午というのがどうしてきまったのかよく分らない。伝説では奈良時代の二月初午の日に、この神が始めてこの山に姿を現したためとか、空海が初午の日に稲荷の神にあったためとかいうがたしかめようもない。（中略）「年中行事秘抄」に天武天皇四年（六七五）二月に始まるとしているが確証はない』

『そうした信仰と狐との関係が問題である。古い文献にはこれについて何の記載もないので、その起源は明らかでないが』

と言っておるがな」

「何しろ『午』ですからね……。確か吉野裕子さんは、陰陽五行説で読み解こうとされていたようですが」

「それも一理あろう」

含みを持たせる火地の言葉に、陽一は思った。

確かにそれも一つの理由かも知れない。

だが、もっと現実的な大きい理由があったのではないか。そして陰陽五行説は、その中の一部だったのではないだろうか。漠然とだが、そう感じていた。

すると、

「陰陽五行説は」と火地は言う。「後で触れることになると思うが、今はもっと即物的な問題じゃ。二月から本格的に田の仕事が始まることは事実じゃ。だが、なぜ『午の日』なのかという疑問が残る。そしてまた、四月に執り行われる賀茂御蔭《みかげ》祭も、やはり『午の日』じゃ」

「なぜなんでしょう」陽一は顔をしかめて首を捻った。「そこまで『午』にこだわる意味が、何かあるんでしょうか……」

しかし火地は、先に進む。

その五、男神か女神か。

『稲荷神約』という東寺の縁起は、空海が東寺の南大門で会った稲を荷う老翁が稲荷の化身で、世に「稲荷老翁」と呼ばれ、真言密教を守護すると誓約したと伝えている。(中略)この縁起は、洛南東寺近郊の農耕儀礼の代表者を空海に宛て、それを稲荷神が祝福することを密教守護誓約の形に仮託したものであろう――。

「これに関しても、後回しじゃ。そして」

火地は陽一を見て口を開いた。

「その六、キツネ神使。

『神仏習合後の「荼吉尼天《だきにてん》」の問題以前に、原始の農耕呪術へさかのぼるのではあるまいか。(中略)おそらく、大陸渡来の土木水利技術に長じた秦氏が山城平野開拓のころ、山林開墾にあたってオオカミ(または山犬)やキツネに接し、それらを馴化《じゅんか》しつつ稲の害獣ネズミらの天敵として保護したであろう記憶が、神話化したものと私考する。そして、オオカミがしだいに絶滅したあとに、キツネのみが稲作の益獣として象徴化されたのであろう』

この理由に関して一般的には『御食津神』に『三狐津神』の字を当てたからではないかとされておる」

「でもそれは」と陽一は首を振った。「ぼくとしては、逆のような気がします。『狐』が最初に頭の中にあったから『三狐津神』の字を当てたんでしょう。いえ、何となくですけれど――』

「そこで、こんな説もある。岩井宏實じゃ。

『農民の間では、春の耕作のはじめに、田の神を里、野に迎え、秋の収穫がおわると、この神は山に帰っていく、すなわち、山の神が春下って田の神となり、秋には山にもどって山の神になるという信仰をもっていた。

田の神は食物神として、ウケ（ウカ）の神やミケツの神の名でも伝えられている。古典に、田中神社・田上神社・田辺神社などの名がでてくるのは、田の神祭の儀礼の行ったところが固定して、祠となったものである。京都の稲荷神社が包摂した田中神社というのも、実はこの神で、田の神であった』

『狐が稲荷の神使とされることについては、古来、「御食津神」に「三狐津神」をあてたからだという説がもっぱらであるが、根本的には、狐を田の神の先触れとみたからであったろう。もともと狐は、鹿などとともに、人里近くに現れ、かつては人々に親しまれた獣であった』――というな」

そうですね、と陽一は軽く頷いた。

「まだそちらの説の方が、納得できます」

そこで、と火地は煙草に火を点けると煙を吐き出して、じろりと陽一を見た。

「今までのことを全て踏まえた上で──『狐』じゃ」

「えっ」

いきなり、そしてようやく「狐」の話になった。

＊

凄まじい稲妻だった。

だが、もう少しだけこの頂上近くに落ちてくれていたら良かったのだが──。

磯笛は残念そうに、稲荷山を震わせる轟音に身を任せた。そして再び、一ノ峰、二ノ峰、荷田社、三ノ峰と歩く。そして彼女の横には配下──というよりは、自分の子供のような女狐──朧夜《おぼろよ》が、影のようにつき従っていた。数日前、鎌倉での事件の際に、磯笛の代わりに命を落とした女狐・白夜《びゃくや》の娘だ。

そして今、磯笛は誰一人としていない稲荷山で祈る。

どうか、疾《と》く目を覚まして、我らの願いを聴き遂げよ。

しかし……。

信じられないことに、今一つ反応が鈍いのだ。これほどまでに力が蓄積されているというのに、神からの返答が薄い。祭神が静かすぎる。まさかとは思うが、祭神を間違えている？

いいや、そんなはずはない。

確かに、現在、下社に主祭神の宇迦之御魂《うかのみたま》大神、中社に佐田彦《さたひこ》大神、上社に大宮能《おおみやの》売《め》大神を祀るとされているが、かつてはそれぞれの祭神に諸説があったのは事実だ。

たとえば江戸時代中期、社家の秦氏から出た毛利公治《きみはる》の撰述の『水台記《すいたいき》』によれば、正説として、

「下社・伊弉冉尊、中社・倉稲魂命《うかのみたま》、上社・素戔嗚尊」

となっており、中社の倉稲魂命を主祭神としている。

またその他にも、

「中社・倉稲魂神、二社を素戔嗚尊、大市姫神《おおいちひめ》」

とする説もある。この大市姫神は、素戔嗚尊の妻であり、宇迦之御魂大神の母神だ。更に、

「下社・大宮能売大神、中社・宇迦之御魂大神、上社・猿田彦神」

「下社・大市姫神、中社・宇迦之御魂大神、上社・素戔嗚尊」

とする説もある。しかしどちらに転んでも中社、主祭神は宇迦之御魂大神で間違いはないはず。

ところが、念のために吒枳尼天に尋ねても、色好い返事が戻って来ないのだ。ということは、ひょっとすると、稲荷神が吒枳尼天と習合される以前の歴史にまで遡《さかのぼ》らねばならないということなのか。

その他の、田中大神や四大神の名は、たとえば平安時代の末の日記である藤原頼長《よりなが》の『台記《たいき》』に見え、これはまた『神祇拾遺』には、弘長《こうちょう》三年（一二六三）、倉稲魂神などの三座に、この二座を加えて五座としたというようなことが書かれているのは、充分に承知だ。

それより古い話となれば、なかなか難しい。それに、吒枳尼天すらも良く知らぬ話を、一体誰が知っているというのか。高村皇に尋ねれば、教えてくれるかも知れない。あの方の知らないことは、この世に存在していないのだから。しかし、そんなつまらぬことを訊くわけにもいかない。些末《さまつ》な質問で、あの方の手間を取らせるわけにもいかぬ……。

朧夜が「クン」と鳴いて首を上げた。誰か、不審な輩が山へ登って来ようとしているのか。如月姉妹が見張っているはずだ。しかし、念のために磯笛は、

「もしも邪魔者がいたら、噛み殺してもいいよ」

と言うと、朧夜の首筋を撫でる。すると朧夜は、その言葉に頷くかのように磯笛を見つめ返し、草ずりの音を立てながら山道を駆け下りて行った。

5

「狐の古称は」

と火地は、プカリと白い煙を吐いた。

「『本草和名《ほんぞうわみょう》』や『和名類聚抄《わみょうるいじゅうしょう》』によれば、そのまま『キツネ』じゃな。『万葉集』には、

さし鍋に湯沸かせ子ども櫟津《いちひつ》の
檜橋《ひばし》より来む狐に浴《あ》むさむ

さし鍋に湯を沸かせよ、皆さん。櫟津の檜橋から来る狐に湯をかけてやろう——という歌が載っている。また『和名類聚抄』には『野干《やかん》』『射干《やかん》』という名も見えるし、『和訓栞《わくんのしおり》』では『キツニ』、『物類称呼《ぶつるいしょうこ》』では『ケツネ』『トウカ』『ヨルノヒト』『ヨルノトノ』となっておる。またその他にも『クツネ』『タウメ』『命婦《みょうぶ》の御前』などとある。そしてここで『トウカ』は『稲荷』の音読みだろうし、『命婦』も伏見稲荷大社の関係からじゃろう」

「なるほど」と陽一は頷く。「もう、その辺りから狐＝稲荷というイメージができあがっていたんでしょうね」

「中国の唐時代に盛んになった狐信仰では」と火地は言う。「狐を祀って恭《うやうや》しく奉仕しておれば、『どこからともなく財物を運んできて、その家は富裕になるというので、淫祀《いんし》とはいえ、財神として崇敬された』のだと、澤田《さわだ》瑞穂《みずほ》は『中国動物譚』に書いておる。狐は『市場を征する神となるには、ふさわしい性格のようだ』ともな」

「でも問題は、どうして稲荷神と結びついたかということですよね。数多い動物の中から、なぜ、狐が選ばれたのか」

「伏見稲荷大社のまとめがあるから、話しておこうかの。いわば『狐信仰の変遷』ともいうかの」

火地は煙草を指に挟んだまま、説明を始める。

「七世紀。最初に日本で狐信仰を始めたのは、当時の支配階級だった。中国の俗信の影響を受け、白狐が出没すると良い兆しであると考えられた——。事実、『日本書紀』斉明《さいめい》天皇三年（六五七）にも『石見《いわみ》国言《もう》さく、「白狐《しろきつね》見ゆ」とまうす』と載っておる。

八世紀。中国から九尾狐など、妖狐《ようこ》の観念が流入し、狐の行動を一種の怪異と見る捉え方が成立した——。

九世紀。狐が化ける、人に取り憑くというイメージは、九世紀初めの近畿地方で形成された。人に変身する、人間と結婚して人の姿をした子供を産むというような、さまざまな怪異をなすと信じられ始めたのもこの頃からである——。

十世紀。狐憑き、狐落としの説話が盛んに作られるようになる。ここで、善悪両面を持った狐のイメージができる——。

十一世紀。狐と人間が交流するパターンの説話ができる。人を欺《だま》したり、人をからかったり、人を試したりする。京都の庶民の間では、異性に対する恋愛成就、縁結び、火災予防など、現世利益的信仰の対象として狐が拝まれるようになった——。

十二世紀以降。稲荷神、宇賀弁才天、吒枳尼天《だきにてん》、霊狐《れいこ》のイメージ習合が完成した時期である。密教と陰陽道が妖狐・霊狐信仰に強い影響を及ぼすようになった——というわけじゃ」

火地は煙草を一口吸うと、灰皿に押しつけて消した。

ゆらゆらと天井に向かって昇って行くその煙を眺めながら、

「ということは」陽一は首肯する。「ぼくらが普通にイメージする狐というのは、十一世紀以降の姿というわけですね。それ以前は、稲荷は稲荷、狐は狐だった」

「そういうことじゃ」

それで火地は、一旦「稲荷と狐」という考えを忘れろと言ったのか。「稲荷と狐」

の関係の、根本から考え直してみるために。

陽一は、ようやく理解した。しかし、

「でも」と尋ねる。「恋愛成就はともかく、狐が『火災予防』つまり火伏せの神だったということは知りませんでした」

「恋愛成就・縁結びは、分かるのか」

「え、ええ……何となく」

「『火伏せ』が分からんで『恋愛成就・縁結び』も分からんじゃろうが」

「えっ」

まあいい、と火地は言う。

「じゃあ、あんたは『狐火《きつねび》』も聞いたことがないか？」

「いえ、もちろんそれは知っています。特に王子の狐火が有名だったとか。境内の装束榎《しょうぞくえのき》には、大晦日の深夜、関八州《かんはっしゅう》の狐が集まり、その榎の枝に装束を掛けて稲荷社に参拝したので、その時に多くの狐火が見られたとか……。でも、それこそ真逆じゃないですか。燃える狐火と、火伏せとでは」

「わしらの国には『春画《しゅんが》』という物があった」

「は？」

「知らんのか。男女が同衾《どうきん》しているところを描いた『枕絵』じゃ。喜多川歌麿《きたがわうたまろ》、菱川《ひしかわ》師宣《もろのぶ》、歌川豊国《うたがわとよくに》、歌川国貞《くにさだ》などの、錚々《そうそう》たる浮世絵師たちも描き残しておる」

いえいえ！　と陽一はあわてて首を振った。

「『春画』そのものは知っています。でも、どうして狐とそれが——」

「つい最近まで春画は、火災除け、火伏せになるといわれてきた」

「そう……なんですね。それは知りませんでした」

「理由は色々と考えられるようだが、今は良いとしよう。それら、大量に出回った春画の中に、初代・歌川豊国の描いた『絵本　開中鏡《かいちゆうかがみ》』という作品がある。そこには狐火が『淫火之図《いんかのず》』として載っているんじゃが、これを良く見てみると、女陰の形になっておる」

「はあ……」

「火伏せの守りともいえる春画に載せるのじゃから、最初から狐火と女陰は非常に近しいと、一般的に考えられていた証拠じゃ。そうでなかったら、載るわけもない」

「いや、それはたまたま——」

「偶然ではない」火地は陽一の言葉を遮った。「当時の人々は、きちんと分かっておった。そのために、火伏せの神としても稲荷神を敬っておった。あんたは、江戸・隅田川の花火でのかけ声を知っておるだろう」

「は？　い、いえ、もちろん知っています。『玉屋《たまや》、鍵屋《かぎや》』——ですよね」

「その、江戸を代表する花火屋も、稲荷の氏子だった」

「えっ」

「花火屋は火を扱う危険な商売だったからの。火伏せの神の稲荷神を信仰しておったんじゃ。それくらい、一般的な話じゃった。今『初午』の話をしたじゃろう」

「は、はい」陽一は首を捻る。「でも、突然、話が飛んでいないですか……いや、そうか。陰陽五行説ですね。そうすると『午』は確か『火』になるから。あれ？ これも火伏せにならない。逆ですね。どうしてでしょう」

「その話は、後でする。今は、狐そのものについてじゃ」と言って火地は続けた。

『日本霊異記《にほんりょういき》』にも、狐に関する話がたくさん載っておる。たとえば『上巻　第二狐を妻《め》として子を生ましむる縁《えに》』には、

『美濃の男が求婚の旅に出て美女に逢い、結婚して男子が生まれる。しかしその妻は犬に吠えつかれて、狐の正体を顕《あらわ》して去ってしまう。男は妻を恋う歌を詠み、子を岐《き》都禰《つね》と名づけ、狐直《きつねのあたい》の祖となった』そして、

『「毎《つね》に来りて相寐《ね》よ」といふ』それまでは『野《や》干《かに》』と呼ばれていた動物が、そのために『来つ寝――きつね』となったとな」

「来つ寝……ですか」

繰り返す陽一を見ながら、火地は続ける。

「続いて『中巻　第四　力ある女《おみな》、捔力《ちからくらべ》し試みる縁《えに》』じゃ。

『美濃の狐直の子孫である、力持ちの大女と、尾張《おわり》の小女との力比べの話。美濃《みの》の大女が百人力を誇って悪事を働いていることを聞きつけた小女が、彼女に挑戦して屈服させるという話』そして『下巻　第三十八　災《さい》と善との表相《ひょうそう》まず現れて、後にその災と善との答《かがう》を被る縁《えに》』で、

『桓武天皇の御代「毎夜々《よごと》」に狐が鳴くので、これを凶兆としたという話。「狐鳴《こめい》」は陰陽道で、人や牛馬の死の前兆とされていた』――。


　ちなみに、この下巻第三十八縁では、著者の景戒《きょうかい》が、狐の鳴き声が凶兆となったという自らの体験を記している。

『延暦十六年（七九七）の夏、景戒は毎晩、狐の鳴く声を聞いた。さらには景戒が郷里の屋敷内の仏堂の壁を掘って中に入り込んだ狐が、あろうことか仏壇の上に糞をして穢《けが》していくことがあった。するとそれから二百二十日余りたって、景戒の息子が死んだ。また十八年の十一月、十二月にも、景戒の家で狐の鳴き声が聞こえたが、翌年の正月十二日、二十五日と景戒の馬が続けて死んだという』」

「当時は」と陽一は言う。「狐は、あくまでも凶兆として認識されていたんですね」

「だが『今昔物語集』では、また違う扱いになっておる。『巻二十六　第十七』じゃ。この話は、芥川龍之介《あくたがわりゅうのすけ》の『芋粥《いもがゆ》』の素材となったことで有名だな。話の中での

狐は、客の到来を知らせる役を命ぜられて館へと走り、その館の奥方に取り憑いて歓待の支度をさせている。またその他『巻二十七　第三十八、三十九、四十』などにも登場する。ちなみに『第四十』では、人に憑いた狐が珠《たま》で遊んでいた。そこに通りかかった若侍が、戯《たわむ》れにその珠を奪い取ってしまうと、狐は、あなたの守り神になるから返してくれと懇願する。それならばと言って若侍は、狐に珠を返した。以後、その男が困った時に『狐、狐』と呼ぶと必ず現れて、常に彼を助けてくれたという」

「龍が喉の下に珠を持っているという話は聞いたことがありますけれど、狐もそのような珠を持っていたんですね」

「そうじゃ。おそらく、その狐が弄《もてあそ》んでいたのは、龍王が秘蔵する如意宝珠《にょいほうじゅ》と似たような宝珠だったのだろうな。稲荷神が仏教と習合した後、神使である狐は、尾に如意宝珠を持つとされるようになるからの」

「如意宝珠――仏宝ですね」

そうじゃ、と火地は頷く。

「その珠は、如意自在の力を発揮できる仏宝であり、また龍王はこれによって畜生身《ちくしようしん》の苦しみから逃れられるのだという。またその珠は仏舎利《ぶつしやり》と同一視され、世を支配する権力の源ともみなされたんじゃ。かの平清盛《たいらのきよもり》などは、嚴島の龍神信仰を通じ、如意宝珠の霊力による権勢獲得の祈願をしたといわれとるからの」

「嚴島神社……」

つい昨日、大変な目に遭って来た場所だ。そういえば稲荷神も、宇賀神や弁才天などと近しいのではなかったか。

ふと、そんなことを考えていると、更に火地は続けた。

「そして、この『第四十』の最後にはこうある。

『此《こ》れを思ふに、此様《かよう》の者は、此《か》く者の恩を知り虚言《そらごと》を不為《せ》ぬ也けり。然れば、自然《おのずか》ら便宜《びんぎ》有て可助《たすくべ》からむ事有らむ時は、此様の獣をば必ず可助《たすくべ》き也。

但し、人は心有り、因果を可知《しるべ》き者にては有れども、中々獣よりは者の恩を不知《しら》ず、不実《まことなら》ぬ心も有る也となむ語り伝へたるとや』――。つまり『このような狐は恩を知っており、虚言を吐かない。かえって人間の場合の方が、このような動物より恩知らずである』とな」

狐の方が、
人間よりも、恩を知っている……。

ますます複雑な思いで考え込む陽一の前で、火地は言う。

「狐に関する話では、他に大江匡房《おおえのまさふさ》の『狐媚記《こびき》』に、康和《こうわ》三年（一一〇一）に、狐たちが都で饗宴《きょうえん》を開いたり、牛車を襲ったりしたなどという怪異が描かれている。また、その少し前の時代に活躍した陰陽師・安倍晴明の母親が、信太《しのだ》森の狐だったという話は有名じゃ。実際に京都の晴明神社では、本社より末社である齋稲荷《いつき》に意味がある。この晴明神社は、晴明没後の寛弘《かんこう》四年（一〇〇七）の創建じゃが、そもそもが、一条《いちじょう》天皇の勅命により、稲荷大神の御分霊《ごぶんれい》を祀らせたことに始まったというからな」

「そう……なんですね」

「また、谷川健一《たにがわけんいち》によれば、東北では狐の鳴き声でその年の豊凶を占う習俗が長くあったという。一方、関西では寒の頃に野施行《のせぎょう》といって、女たちが夜、狐の出そうな祠や辻に油揚げや赤飯を供えてまわる風習があった。『これも狐の霊力に期待するものがあったからのことである』ということじゃ」

「やはり狐は実際に、さまざまな霊力を――」

しかし、と言って、火地はショートピースに火を点けた。

「その狐に関しては、吉野裕子が、また独特な説を述べておる」

「さっきの、陰陽五行説ですね！　さまざまな事象を『木火土金水《もくかどごんすい》』の五行と、陰陽で読み解いて行くという」

「そうじゃ」と頷くと、火地は煙を吐いた。「彼女によれば、狐は陰陽五行説でみると土気であるから『「土」はすべて狐に置きかえられる』ということになる。そしてこの説に則《のっと》れば、

『木生火、木は火を生む。

火生土、火は土を生む。

土生金、土は金を生む。

金生水、金は水を生む。

水生木、水は木を生む』

ゆえに、土＝狐は、火から生まれる。

同時に、土＝狐は、金を生む。

そのために、狐と火は、非常に近しい関係にあるというのじゃ。だから彼女は、

『日本の伝承・民話・民俗・昔話の中にあらわれる諸種の動物・異類・妖怪等のうち、狐ほど火と密接なかかわりをもっているものはほかにない。狐火・狐の提灯・狐の松明などはよく人に知られているが、そのほかにも狐に恨まれた人間が家に火をつけて焼かれたり、夜、狐が啼《な》くと火事があるとか、狐と火に関する昔話・伝承は枚挙にいとまがない』『狐が人間に化けて駕籠に乗ってゆくのを殺したところ、村全体が火事になったことがあると、いわれている』『同様の俗信は秋田県にもあって、「狐が夜啼くと火事がある」「夜、明神様の狐が啼くと近い中に火事がある」などといっている』つまり、

『火が狐を誘い出す。

狐が火を誘い出す。

という相反する俗信が日本社会には併存する』のだと結論づけておる」

「しかし――」

陽一は顔をしかめた。

「それだと、逆になってしまうんじゃないでしょうか。確かに狐と火が近しいという点は説明できますけれど、陰陽五行説に基づくならば、あくまでも『火』が『狐』を生み出すわけですから」

「じゃから、彼女もこう言っておる。

『火生土の理で、火が狐を生み出すはずが、反対に狐が火を生み出す、それも、東本願寺を一なめにするほどの巨大な火を生み出す、ということが、世間からそのまま信じられているという事実である。

火生土の理からいえばまさに本末転倒であるが』

『前者は「火生土」の理の実践踏襲であり、後者はその本末転倒であって、厄介なことに他の多くの現象と同様に、相反するものが今もなお共に生きているわけである。このような事実が日本の民俗を複雑難解なものにしていると私は思う』――とな」

そういうことなのか。

やはり、吉野裕子自身も、多少納得のいかない部分があったようだ。

間違いではないのだが、うまくすっきりと説明できない。

「確かに、吉野裕子の言う通り複雑難解です」

と陽一が納得しかけていると、

「彼女は残念ながら、一点だけ見落としておった。そのために『複雑難解』になってしまった」

「えっ」

「話は、実に単純なんじゃ」

「といいますと？」

不審な顔を見せる陽一を火地はチラリと見て、

「その前にこっちじゃ」

と煙を吹き上げた。

「また、岩井宏實はこんなことを言っておる。

『元来、火の神ではなく穀霊であり農の神であった稲荷が、鍛冶屋の信仰をあつめたのは、かの謡曲「小鍛冶《こかじ》」の説話によるものであったという』

『後鳥羽上皇が刀を鍛えられた時、稲荷山の土を採って用いられたという説話も、鍛冶屋のあいだで語り伝え、信仰のもととなったようである』——と」

「『小鍛冶』……ですか」

「そうじゃ」

「それが、狐と火を結びつけた？」

「岩井宏實の説は、本末転倒な部分もあるが、実に重要なことを述べている」

「それが……『小鍛治』？」

「知らんのか」

「い、いえ。名前だけは聞いたことがあります。内容は確か、稲荷に関する話だったような……」

「『小鍛治』こそ、稲荷神、稲荷山、狐を解読する際に、非常に重要なポイントであり、同時に本質じゃ。これを押さえないから、稲荷山の謎が全く解けない」

　ということは、と陽一は火地の青白い顔を覗き込む。

「逆に言うと、それさえ押さえれば稲荷神の謎——山上伊豆母の提示した六つの謎なども、全て解けるということですか！」

「綺麗に解ける」

　答えて火地は大きく頷くと、自分の指の方が折れてしまうのではないかと思えるほど、煙草をぎゅっと灰皿に押しつけた。

　それを見ながら陽一は、心の中で首を傾げた。

　本当なのだろうか。

しかし、火地が冗談を言ったのを、陽一は今まで一度も聞いたことがない。

そこで、

「ぜひとも」と陽一は真剣な顔で尋ねた。「その『小鍛冶』について、教えてください！」

「本当にあんたは」火地はしかめ面を見せる。「教えろ教えろと、そればかりだな。自分の頭で考えようとしないのか。考えることは、楽しいぞ」

「いいえ！　そうだとは思いますが、今は時間が——」

まあいい、と火地は言って説明を始めた。

「作者不詳の能『小鍛冶』では、後シテとして『稲荷明神』が登場する」

と言って『小鍛冶』の内容を陽一に伝えた。

一条天皇の御代、名工・三条小鍛冶宗近の相槌を見事に務め、立派な刀を鍛え上げた童子の正体が、実は稲荷明神であった——。

しかし聞き終わって、

「それが……？」

と拍子抜けしたように尋ねる陽一の言葉を無視するように、火地は続ける。

「『小狐丸』は、刃長、約五十四センチ。反り、約一センチで、石切劔箭《いしきりつるぎや》神社に納められた。現在も例大祭の日に見ることができる。また、宗近の鍛えた『三日月宗近』

は、刃長、約八十センチ。反り、約三センチで、こちらは東京国立博物館に納められておる。最初は『五阿弥切《ごあみぎり》』と呼ばれていたが、刃文の縁に三日月状の紋様が連なって見えることから『三日月宗近』と名づけられ、『童子切安綱《どうじぎりやすつな》』『鬼丸国綱《おにまるくにつな》』『数珠丸《じゆずまる》』『大典太《おおでんた》』などと共に『天下五剣』の一振りとされておる。書物にも書かれているように、

『京都はもともと刃物造りに適していたが、さらに地の利も手伝って、出雲《いずも》地方の砂鉄や玉鋼《たまはがね》、伏見稲荷周辺の土、鳴滝《なるたき》の砥石《といし》、丹波《たんば》の松炭、良質の水などが容易に入手できた。それゆえに室町中期より鍛冶の町として栄え、明治の初めまで一大産地として全国に知られている』――ということじゃな。そしてここでいう『伏見稲荷周辺の土』というのは、もちろん、稲荷山山麓部の大阪層群中の粘土、赤土のことじゃ」

「そ、それで……」

「そのために、日本全国の鉄工関係者、非鉄金属業者らが、稲荷神への篤い信仰を寄せてきた」

「……それは理解できましたけれど、ですからそれがどうして？」

つまり、と火地は陽一をギロリと見た。

「稲荷は『稲成り』などではないということだ」

「と、言いますと」

「『火』と『剣』といったら、一つに決まっておるじゃろう」

「え……」

「稲荷——いなり、の正体は『鋳成《いな》り』じゃ」

＊

十石橋を過ぎ、奥社奉拝所からの道と合流する辺りから、風も強くなり始めた。

彩音と祈美子は顔を少し伏せて風を防ぎながら、一歩ずつ坂道を登る。ほぼ全て倒壊して、歯抜けになっている鳥居のトンネルをくぐりながら左手の渓谷に目をやれば、普段は静かに流れるせせらぎも、今は音を立てて白浪を見せている。上流のどこかでは、すでに雨が降っているのだろうか。雷鳴も、ひっきりなしに二人の頭上で響いていた。

彩音は、稲荷山に物凄いパワーが蓄積しているのを感じた。耳元でゴウゴウと唸りを立てているのは、風だけではない。何モノかが駆け回っているのだ。こんな状況では、稲荷山がいつ爆発してもおかしくはない。

おそらく、千本鳥居が全て倒壊した時に、頂上から一気に流れ落ちて行くのだろう。そうなれば、奥宮から本殿から大鳥居から、全ての建物が木っ端微塵《こ ぱ み じん》に吹き飛ばされることは、容易に想像がつく。

それまでに何としても磯笛を捕まえて、稲荷神に鎮まっていただかなくてはならない。そのためにも、一刻も早く陽一からの情報が欲しい。自分たちが、稲荷神に関して、どこをどう勘違いしてしまっているのか――。

彩音と祈美子は、熊鷹社に続く石段を登り始めた。見上げれば、空はますます暗くなり、厚い雲が頭上で渦を巻いていた。

やがて石段を登り切ると、こだま池の前に出た。そして、熊鷹社からお山を目指そうと左手を見た時、社の前に一人の巫女が立っていた。千早と緋袴に身を包んだ色白小柄な巫女だったが、目つきが異様に鋭い。稲荷大社の巫女が、こんなところまで様子を見に来ているのかと驚いた彩音たちは、軽くお辞儀をして通り過ぎようとした。

すると巫女は、千早の袂《たもと》をふわりと翻《ひるがえ》して、彩音たちの前に立ちはだかった。

「ここから先は」巫女は静かに告げる。「立ち入ることは敵《かな》いません。何人《なんぴと》たりとも」

「えっ」彩音は巫女を見つめた。「でも、私たちは行かなくちゃならないの。どうしても」

「申し訳ございませんが、今日は諦めてください」

口調は丁寧だが、一歩も退かないその巫女に、

「あなた……」祈美子が、訝しげに尋ねた。「余りお見かけしないお顔ですね」

「そうですか。昔からこちらに勤めておりますけれど」

「失礼ですけれど、お名前は？」

「如月霊子です」

「本当に、稲荷大社の巫女さんなのですか」

いいえ、と霊子は首を横に振った。

「稲荷明神の巫女です」

「同じことでしょう」

「違います」霊子は笑った。「そんなことより、早く山をお下りください」

ピシャッ、と稲妻が走り、雷鳴が轟く。

「非常に危険ですので」

「三ノ峰の先に」祈美子は、霊子から視線を外さずに言う。「私の家のお塚があるんです。ですから、今日はそこまで」

「残念ですが、四ツ辻から先の道は、全て封鎖されました」

「そんな話は、警察からも聞いていないわ」彩音も、霊子を冷ややかに見つめた。

「ということは、あなたたちが勝手に封鎖しているというわけね」

「どうして、私たちがそんなことを？」

もちろん、と彩音は一歩進み出た。

「他人を寄せつけずにいる間に、稲荷山の祭神を目覚めさせるためでしょう。そして伏見の街ごと、稲荷大社を破壊する」

その言葉に霊子は、カラカラと笑った。

「そこまでご存知であれば、私としても何一つ隠し立てする必要はありません。話が早い」霊子はギラリと彩音たちを見た。「さあ、ただちに山を下りなさい！」

「それは無理」彩音も霊子を睨み返す。「私たちは、どうしても稲荷神にお目にかかって、きちんと鎮まっていただく」

「残念ながら、もう遅いですね」

「遅くはないわ。命懸けで説得すれば、きっと分かってもらえる。嚴島神社でもそうだった」

「あの場所でも、そういうことがあったのですね」

「そうよ。あの時は、きちんと鎮まっていただけた。それなのに、またあの男が何か仕掛けた」

「あの男？」

「高村皇に決まっているでしょう」

「ご存知なのですか」

「嚴島で話をしたわ」

「まさか！」

「その時あの男は、市杵嶋姫命《いちきしまひめ》を目覚めさせようと試みたのよ」

「なぜあなたは、高村さまのおっしゃる通りになさらなかったのですか」

「当たり前でしょう！」彩音は吐き捨てる。「この国が、壊れてしまうじゃないの。日本国のバランスが、弾け飛ぶ」

するど霊子は、冷たく微笑んだ。

「壊れてしまっても、良いではないですか」

「えっ」

余りにも冷静に答えた霊子の言葉に、彩音は一瞬戸惑った。

「どういうこと……。あなた、本気で言っているの？」

はい、と霊子は頷く。

「神々の存在も信じず、かといって人間同士が信頼し合うこともなく、自分にとっての損得勘定だけで他人とつき合い、多くの生物を殺害して、祀りも感謝もしない。そんな『日本人』という生き物が、この地球上に存在する価値がありますか？」

「な……」

「私も、そして姉の妖子も、磯笛さまの言葉に目を覚まされました。今までのありようがおかしかったのです。日本全国の神社仏閣にしても、その本質を知らぬ人間たち

のための絢爛豪華《けんらんごうか》な建物は、全く必要ないはず。高村さまや磯笛さまが意図している
のは、そういうことだと納得した。それならば、ここは一命を賭しても、磯笛さまに
お仕えしようと」
「やはり、磯笛もやって来ているのね。そして、一連の殺人事件は、彼女が引き起こ
したもの」
「磯笛さまを、ご存知？」
ええ、と彩音は皮肉な目つきで笑った。
「とても良く」
「では、ますます話が簡単ですね。すぐに、山を下りてください」
「冗談じゃないわ」と答えて、彩音は祈美子を見た。「あなたは、そこをどいてちょ
うだい。祈美子さん、行きましょう」
「ええ」
祈美子が大きく頷いて、霊子を押しのけようとした時、
ケン……。
という甲高い声が聞こえ、行く手に一匹の美しい毛並みの女狐が姿を現した。体毛
の一本一本が銀色に輝き、赤く大きく開いた口には、白く鋭い牙がギラリと光り、
憎々しげな目つきで彩音たちを睨んでいた。

「どきなさい」

祈美子は一歩進んだ。

「危ない」彩音は止める。「襲われるわ！」

「平気です」祈美子は振り向いた。「狐が、自分の仲間を襲うはずがない」

しかし女狐は「ケン！」と鳴くと、祈美子に襲いかかってきた。

「あっ」

女狐にのしかかられて、祈美子は地面に倒れ伏す。その上で女狐は、今にも噛みつきそうに長い舌をペロリと出した。

「朧夜、お止めなさい」霊子は静かに言った。「まだ、血を見るのは早いわ」

その言葉に女狐は、一旦祈美子から離れる。しかし祈美子は、まだ呆然《ぼうぜん》と女狐を見つめていた。

「祈美子さんっ」彩音は、急いで祈美子に駆け寄る。「頬に傷が」

しかし祈美子は、まだ地面に尻餅をついたまま、呆然と女狐——朧夜を見つめた。

「どうして……どうして、狐が私を襲うの！」

「お気づきになりませんでしたか」霊子がニヤリと笑った。「位《くらい》が違うのです」

「位？」

「朧夜は、ただの女狐ではありません。吒枳尼天の神使となったのですから」

「吒枳尼天！」祈美子は叫んだ。「そんなモノが、このお山にいるはずはない」

「いらっしゃいますよ」

という返事に、

「まさか……」彩音が眉根を寄せて、ゆっくりと尋ねる。「磯笛が？」

はい、と霊子は嬉しそうに首肯した。

「磯笛さまが、吒枳尼天と契約を結ばれたのです。ゆえに、今や吒枳尼天と同じステージに上がられた」

「そんな恐ろしいこと！」

と叫んだが、同時に彩音は、ハッと思い当たる。

だからこそ磯笛は大神《おおみわ》神社の、女性が一度落ちたら二度と浮かび上がれないという「鎮女《しずめ》池」から抜け出せたのだ。死後の自分の魂と引き替えに……。

彩音の背中を、冷たい汗が伝う。しかし必死に朧夜を追い払おうとした。だが朧夜は軽く飛び退いては、再び二人に襲いかかる。まるで、おもちゃにじゃれつく猫のように、彩音たちを弄《もてあそ》んだ。

「痛っ」

鋭い爪で背中を引っ掻かれて、祈美子が悲鳴を上げた。彩音は、傍《かたわ》らに落ちていた木の枝で払ったが、朧夜は簡単にかわしては、また襲いかかってくる。いつでも嚙み殺せるけれど、もう少し遊んであげる——そう笑っているようだった。

一方、祈美子もまだショックから立ち直れていない。彩音が、

「早く逃げるのよ！」

と急《せ》かしても、

「は、はい……」

と虚ろな視線で見返すだけだった。

このままでは、本当に危ない。

〝どうしたら良いの！〟

彩音が心の中で叫んだ時、耳元で、ビュンと風を切る音が聞こえ、何かが視界をよぎる。大きな石の礫《つぶて》だった。そして、ハッと顔を向けた朧夜の眉間《みけん》を直撃した。

「ギャン」

彩音たちに夢中になっていたために油断した朧夜は、まともに石礫を食らってしまった。続いて、二つめ、三つめの石が朧夜を襲い、全ての石が朧夜の体に命中した。特に三つめの野球ボールほどの大きさの石は、腹部を直撃したため、朧夜は大きく後ろに弾き飛ばされた。額からも血を流しながら、地面に倒れて、のたうち回る。

「誰！」

驚いた霊子が振り返ると、そこには汗だくになって肩で息をしている光昭がいた。

石を投げて助けてくれたのは、彼らしかった。

「祈美ちゃん、大丈夫かっ」

光昭は走り寄って来る。走りながら、太い木の枝を拾った。そして、彩音たちを飛び越えるようにして朧夜に近づくと、体を起こしかけていた朧夜を、木の枝で何度も打ち据えた。

「ケン！」

朧夜は大きく鳴くと、足を引きずりながら木立の中へ逃げ込んで行った。

それを横目で見て、

「危ないところだった。祈美ちゃん、怪我は？」光昭は厳しい顔で尋ねる。「それと、彩音さんも」

「平気です」彩音は答える。「でも、祈美子さんが少し」

「大丈夫」祈美子はよろよろと立ち上がる。「どうして光昭さんがここに……」

「やっぱり心配になってね。追って来て良かった。ずっとさえない野球部員だったけれど、ここにきて、ようやく役に立った」

まだ引きつりながら笑う光昭に、祈美子は戸惑い顔で尋ねる。

「でもなぜ、私を助けてくれたの……」

は？　と光昭は惚《とぼ》けたような顔で尋ね返す。

「自分のフィアンセを助けるのに、何か理由がいるのか？」

「えっ。でも……」

祈美子が、じっと光昭を見つめた時、今度は違う狐の鳴き声が池の面に谺《こだま》した。

「仕方ない」霊子は、目を吊り上げて光昭を睨んだ。「噛み殺しておしまい」

その声に呼応するかのように、木立の中から二匹の獰猛《どうもう》そうな狐が姿を現した。光昭は、彩音と祈美子を庇うようにして、木の棒を構える。しかし、今度は二匹が相手だ。右の狐を追い払えば、左の狐が襲いかかる。それを何とか追い払うと、今度は右の狐が飛びかかってくる。

「光昭さんっ」

叫ぶ祈美子に光昭は、

「祈美ちゃんたちは、そこにいろ！」汗だくになりながら強く命令した。「こいつらには、指一本触れさせせないから」

だが、じりじりと追い込まれ、

「あっ」

ついに光昭は、腕を噛まれてしまった。その腕を思い切り振り回して、狐を振り落としたが、噛まれた腕は血が滲《にじ》んでいた。

「光昭さん！」

「来るなっ」光昭は狐たちから視線を離さずに叫ぶ。「そこにいろ」

「でも！」

祈美子が駆け寄ろうとしたその時、

「こらあっ」

大声が響き渡り、一人の男が登山用の木の杖《つえ》を手に飛び込んで来た。そして、狐の額に思い切り振り下ろす。

「ギャン！」

狐は叫んで飛び退いた。

えっ、と驚いて目をやれば、瀬口警部補だった。

瀬口は、正眼《せいがん》の構えで、もう一匹の狐と対峙《たいじ》する。そして飛びかかってくる狐を、体を捻って避けると同時に、思い切り打ち据えた。

「キャンッ」

狐は地面に倒れて、胃液を吐きながら暴れる。すると先ほどの狐は、尻尾を巻いて林の中に逃げ込んで行ってしまった。

「瀬口さんっ」彩音は驚いて呼びかけた。「なぜ、ここに！」

「相変わらず面倒をかける方たちですな」瀬口は、額の汗を拭う。「加藤巡査に言われて、暇な警官を探したんですがね、残念ながら鳥居を眺めながら暇している関係者は、俺しかいなかったもので」

「そういえば、その千本鳥居はっ」

「残念ながら、おおかた倒れてしまいました。残っているのは、十数基でしょう」

瀬口が答えた時、それまでの成り行きを唖然として見守っていた霊子が、いきなり背中を見せて逃げだそうとした。

しかしその腕を「おっと」と言って瀬口が捕らえる。

「放してください！」

叫ぶ霊子の白い顔を、瀬口は見返した。

「そんなに急がないで。少し、お話を」

「刑事さんに話すことなんて、何もありません」

「いや、折角ですからね。稲荷山で、巫女さんのお話が聞けるなんて、そうそうあることじゃありませんからな」

瀬口は霊子を見て微笑んだ。

＊

稲荷は――。

鋳成り？

「つまり」と陽一は身を乗り出して尋ねる。「鉄が成る――製鉄ということですか！」

「そうじゃ」

「稲――米の神様ではなく、鋳――鉄の神様？」

「見ての通りじゃ」火地は大きく頷いた。「これで、稲荷神に関する全ての謎が解ける上に、今までの人々の稲荷解説の細かい矛盾点も、綺麗に解消される」

「そう……なんですか」

半ば唖然とする陽一の前で、火地は続けた。

「沢史《さわし》生《せい》は、こう言っとる。稲荷神の本質は、

『農耕神である以前に、カネを吹く神としての産鉄神であった。商売繁盛の神とされるのは「カネ吹き神」だからである。また稲荷神の神名は大多羅持男・大多羅持女ともいう。タタラや大人《おおひと》伝承のダイダラボッチに通ずるが、多羅には愚か・糞の意もある』とな。まさに、その通りじゃわい」

「で、でも、どうして稲の文字が？」

「稲が成る、つまり効率の良い農耕には鉄器具が必要じゃったろう。そして稲荷神創祀者の秦氏の専売特許ともいえる機織りや土木建築。これらに必要だったのは――」

「言うまでもなく、鉄です」陽一は唸った。「農耕が大きく発展したのは、鉄器具の

生産以降だ……」

「当時の文化、全ての根底に鉄があった。稲荷社における十一月八日の『火焚祭《ひたきさい》』が、非常に重要視された理由も、ここにある。この祭は鉄の祭であると共に、農耕に直結する祭だったからじゃ」

「確かに火焚祭は別名、鞴祭《ふいごさい》。まさに踏鞴《たたら》製鉄の祭だったんですね」

「江戸時代では『吹革祭《ふいごさい》』とも呼ばれていたという」

「どっちに転んでも、タタラです」

「そういうことじゃ。稲荷神が、ただ単に田の神や稲田信仰からきた農業神だとしたら、あの巨大な火処《ほど》を設《しつら》えて執行される火焚祭に、日本全国の鍛冶・鋳物師が参加することはあり得ん。そして実際に、鞴に関わるこの祭事が、稲荷大社では最も古く、しかも重要な神事だった。この神事には、鉄を製する『大鍛冶』、鋤《すき》・鍬《くわ》・鎌などの農具を鍛える『野鍛冶』、そして今の、刀剣を鍛える『小鍛冶』の全てが関係してくるからの」

「ああ……」

「ちなみに、その頃の江戸では、やはり十一月八日に刀工・鍛冶屋など鞴を用いる職のものが稲荷神を祀り、鞴に神酒や餅を供え、夕方から門口で餅や蜜柑《みかん》や銭を撒いて、近所の子供たちに振舞ったという。有名な紀文《きぶん》の蜜柑船も、実はこの江戸の鞴祭を当て込んで計画されたといわれとるようじゃ」

「当時は、それほどまでに規模が大きかったということですね」

「参考までに言っておくと」

火地はショートピースの缶に手を伸ばす。

「先ほどの『小鍛冶』の剱石は、雷石と呼ばれておる。つまり、雷神の御座所じゃな。雷神は水神であり、同時に踏鞴製鉄の神じゃから」と言って、煙草に火を点けてふかした。「さあ、これでもう全部分かったじゃろう。帰れ」

「ちょ、ちょっと待ってください！」

陽一はあわてて手を挙げた。

「それです。雷です」

「雷がどうした」

「雷は確かに龍神・雷神・水神で、製鉄の神です。貴船でも鞍馬でもそうでした。でも、ただ単にそこから『稲荷』『鋳成り』に結びついたんでしょうか」

「自分で考えろ」

「考えます考えます。でも、今は本当に時間がないんです！　せめて、ヒントだけでも――」

「近藤善博が」火地はプカリと白い煙を吐いた。「『稲の花咲くころ、稲葉の尖《さき》を雷光が走る。これも稲妻なのであるが』と言っておるが、これは多分に詩的な表現じゃな。鎌倉を覚えておるか」

「もちろんです！」

「あの地の『稲村《いなむら》ヶ崎』が『鋳群《いなむら》ヶ崎』であり、『鶴岡《つるがおか》』が『鉱脈岡《つるおか》』であるように、『稲荷』は『鋳成り』じゃ。そうなれば『雷が多いと、稲が多く実る』という言い伝えも『雷＝神が多いと、鋳が多くできる』ということになる」

「確かに……雷は『神鳴り』ですから」

「『稲荷記』には」と火地は煙を吐く。「道真の怨霊が、清涼殿への落雷を引き起こした時、その日、宿直《とのい》の神だった稲荷明神が醍醐天皇を護った、と記されとる。雷神の祟りを防ぎうる神もまた雷神であった、とな。その後、今度は雷が伏見を襲い、仁和四年（八八八）三月十三日の暴風雨時に、完成してたった五年後の東寺新塔を焼いた。続いて、延喜十八年（九一八）六月二十四日にも、東寺に落雷した。愛宕《あたご》山方面に発生した雷雲が、御所や東山方面を直撃してくるというのは、現代では非常に分かりやすい。しかし、これらのことを以て『稲荷記』には、『稲荷ノ氏人北野へハマイラサリケリ』と書かれておる。雷神対決じゃ」

火地は苦笑したが、

「その話も、初めて耳にしました」陽一は尋ねる。「やはり、稲荷山の雷神、『神鳴り』は、それほど偉大だと考えられていたんでしょうか」

「荷田氏、という名前を知っておるじゃろう」

はい、と陽一は頷いた。

「それこそ『稲荷』の名称に一文字取り入れられるほど、稲荷神を長く祀ってきた氏族です。神供《じんく》を調える竈役《かまどやく》を代々務めてきた」

「神道学者の西田長男はこう言っておる。

『荷田氏の名の初見は、恐らくは東寺執行職阿刀氏の『系図』ではあるまいか。（中略）この阿刀氏は、弘法大師空海の生母の家であって、故を以て東寺執行職を世襲し来ったのであるが、それと婚を結んだ「深草荷田氏」は余程の豪族であったろうと思われる』――となる。そして、その荷田氏に伝承された『稲荷大明神流記《るき》』によると、稲荷山の山神の名は『龍頭太《りゅうとうた》』というとある。そして、実際に荷田氏の系図には『称二荷田太夫一、俗云二龍頭太一』と載っておる」

「龍頭太……ですか」陽一は唸る。「まさに龍神、そのままの名前ですね。というより、龍頭太が稲荷明神で、さっきの『小鍛冶』では、剱石――雷石のある場所から空に昇って行った。それだけでも、充分に龍神・雷神です」

「そういうことじゃ。そしてその龍頭太は、和銅年中以来百年に及ぶまで稲荷山の麓に庵《いおり》を結び、昼は田を耕し、夜は薪を伐採して暮らしていたという。その顔は名前の通り龍のようで、しかも顔の上には光が輝き『夜を照らすこと昼に似たり』という」

「顔に光が……」

「室町時代の作とされる、謡曲『龍頭太夫』には『然るに山の神、龍頭太夫、勅をうけ』とあるしの。そこで吉野裕子は、こう言っておる。この『龍頭太』の、『この「太《だ》」をもし「蛇《だ》」とするならば「竜頭蛇」、つまり竜の頭をもった蛇（中略）「竜蛇」ということになる』『この意味で竜頭太がその名の示すように巨大な蛇、即ち竜蛇であるならば、稲荷山の神としてまことにふさわしい』――と」

「……まさにその通りです。『龍頭蛇』で、そして雷神です」

また、と火地は紫煙をくゆらせた。

「今の近藤善博は、またこんなことを言っておる。

『朱龍のごとく山をうねって、この山に氾濫する朱丹は、ここの神のめで給う暖かい色ともいわれる。しかしあの立続く朱の千本鳥居を眺めては、とてもそんな豊饒《ほうじょう》の色彩とは思われない。むしろ強烈な炎の色、憤怒の色と感じられるのである』

ここでは、稲荷神に関して深く言及していないが、まさに正しい感覚じゃな。また、岩井宏實の言った田の神にしても、土中に埋められたために両眼は潰れている、という胡散《うさん》臭い伝承を引きずっておる」

「それは」陽一は尋ねる。「稲荷山の眼力社のことですか！」

「踏鞴製鉄で目をやられてしまった神じゃな」

そういうことだ。

神は、自分の体験した不幸が我々に降りかからないように、手を差しのべてくれる。早死にしてしまった人々は「長生き」の神に。子供が生まれなかったか、それとも早くに亡くしてしまった人々は「安産」の神に。恋人や夫婦の仲を裂かれてしまった人々は「縁結び」の神になる。ということは「眼」の神である眼力社は「眼」を失った人々だ。

納得する陽一の前で、火地は言う。

「同じく、薬力社もそうじゃ」

「薬力社も？　どこがそうなんですか」

「自分で確かめろ」

「あ。はい！」

「そして田の神は」火地は続けた。「農耕が済むと山に戻されてしまう。いわゆる、田の神は春・二月に山から田に降り、冬・十月に山へ帰る、という伝説じゃ。これは、その神々が『稲《いな》』と『鋳《いな》』に従事するということを表しておる」

「ああ……」

「このようにして田の神たちは、常に放浪漂泊させられておった。本当に大切な神であるなら、一年を通して平野の社にお祀りしていたはずじゃろうにな」

プカリと煙を吹き上げる火地を見て、陽一は唇を噛んだ。

火地の言う通りだ。大切にしているといわれている神々に対して、これは余りにも酷い仕打ちだったのではないか。心が痛む……。

そんな陽一を見て、火地は言った。

「これで終《しま》いじゃ。今までの話で、山上伊豆母の提示した『稲荷史六つの謎』も、あと吉野裕子が呈した疑問も、そして稲荷神の眷属が、どうして狐なのかという理由も、全て分かったじゃろう。もう帰れ」

「い、いえ！」陽一はあわてて叫ぶ。「それに関しては、まだ分かりませんが、これから自分で考えます」

「良かったのう。やっと自分の頭を使うか」

「で、ですけど！　最後に一つだけ」

「しつこい奴じゃ」

「お願いします。一つだけ教えていただいたら、すぐ帰ります！」

「何じゃ」火地は座布団に座り直す。「早く言ってみろ」

「『初午の日』なんですが」陽一は顔をしかめた。「今、話を聞いてからずっと考えていたんですけど、全く想像がつかないんです。いくら稲荷大社の創祀が二月午日《うまのひ》だったからといわれても、納得できません。それだけ、教えてください。そうしたら、すぐに帰ります。急いで伏見稲荷大社に向かいます！」

ふん、と火地は煙草を吹かして陽一を見た。

「江戸時代には、この日初午の日を吉日として、子供を寺子屋に入門させたという。そういう重要な日だったわけじゃ。『稲荷大社由緒記集成』の中の『稲荷一流大事』には『昔、大唐国に大汝《おおなんじ》小汝《すくなんじ》がおり、政務を執ってきた。その大汝小汝の意を体して、日本にやって来たのが稲荷社ゆかりの辰狐《しんこ》（白狐）である』と書かれておる。また『稲荷社奥秘口伝』によれば、その『辰狐』とは『上之御殿、いま白狐社と号す。真狐《まこ》神なり』という『真狐神』じゃった。そして本来の初午祭は、安産祈願の行事であったともいう。ゆえに、実を結ぶという意味が拡大解釈され、学業が実を結ぶということで、この日を寺子屋入りの吉日とした。同時に農村においては、蒔いた種子が実を結ぶようにとの豊作祈願ともなった」

えっ、と陽一は尋ねる。

「それって、まさか、その……」

「そういうことじゃ」と火地は頷いた。「初午は『初馬』。つまり、女性の初潮を表しておる」

なんとなくそう感じていたものの、面と向かってはっきり断定され、陽一は少しうろたえた。

「で、でも――」

「『初馬』は」一方、火地は淡々と続ける。「『新馬《あらうま》』『初花《はつはな》』と呼ばれておった。というのも、馬――馬っ子――真処《まんこ》は女陰《ほと》であり、同時に踏鞴の火処《ほど》を表していたからじゃ。ゆえに狐は『真狐』神と呼ばれた」

「『初花』や『真処』という呼び名は聞いたことがありますけど、しかし――」

目を瞬かせる陽一を無視するように、火地は言う。

「初潮は、女性が一人前の女性となって『子宝《こだから》』に恵まれることが約束された証じゃ。そして、踏鞴炉である『火処』からの鉄滓《かなくそ》の流出も、やはり『初花』と呼ばれ、火処が無事に鉄塊、つまり、砂鉄の結実としての『粉宝《こだから》』を生産する兆しとして、非常に喜ばれた。つまり『初午の日』のお祝いや祈願は、もともと踏鞴の行事だったんじゃ」

「ああ……」

「江戸で有名だった『砂村せんき稲荷』が、疝気《せんき》や、下腹部の病に効くといわれておったのも、これらに関係しているかも知れん。そして、おそらくそんなこともあって、先の『狐火』が春画の題材となったんじゃろうな」

確かに火地の言う通りだ。

今の話を聞いて、陽一の頭の中で「稲荷史六つの謎」や、吉野裕子が提示した謎が少しずつ、また一つずつ氷解してゆく。

そして、自分たちがとんでもない勘違いをしていたことも――。

陽一の首筋が、ぞわっと粟《あわ》立った。

大変だ！

「早く、彩音さんたちに伝えなくては！」陽一はイスを蹴って立ち上がると、改めて深々と火地に向かって頭を下げた。「今回も、ありがとうございましたっ」

しかし火地は、

「ふん」と鼻で答えて煙草を灰皿に押しつけ、「またしても時間を食ってしまった」

と不機嫌そうにペンを手に取ったが、

「この調子ではあんたらは気づいておらんだろうから、最後に一つだけ教えておく」

「それは、何でしょうか」

真剣な顔つきで耳を傾ける陽一に向かって、火地は小さく呟いた。

陽一の全身が震える。

「ということは、や、やっぱり！」

「早く行け」

「はいっ」

陽一は答えると、疾風のように猫柳珈琲店を飛び出した。

6

相変わらず雷鳴が凄い。

グリの入ったキャリーバッグを肩に下げ、巳雨を庇いながら神楽殿近くまで退いた裕香は、心配そうに空を見上げた。本殿に目を移せば、神職たちによる祈禱が始まるようだった。ついに神頼み、神鎮めだ。

稲荷山の方角を見上げれば、黒く重そうな雲の向こうに、何本もの稲光が走っていた。いくら「稲荷」は「雷」と親しいといっても、余りに激しすぎやしないか。

その山に向かった彩音や祈美子、そして光昭と瀬口は大丈夫だろうか——。

あの時、彩音たちの姿が見えなくなってしまうと、やはり光昭は居ても立ってもいられなくなり、こっそり二人の跡を追うと裕香に告げた。しかし裕香は、巳雨の側を離れるわけにはいかなかったため、すぐ瀬口に連絡して誰かの応援を頼んだ。すると瀬口は、

「分かった。そこで少し待っていてくれ」

と答えると、自らやって来てくれた。そして光昭と一緒に、山へ行くと言う。個人的な行動だから、と恐縮して遠慮する光昭に、瀬口は「ダメです」と告げ、結局二人

で彼女たちの後を追うことになった。光昭が一足先に走り出すと、瀬口は万が一の時のことなどを裕香と打ち合わせ、すぐに光昭の後を追って走って行った。

〝意外と良い人〟

裕香は心の中で微笑みながら、巳雨と二人で瀬口や他の警官からの連絡を待っていると、

ケン……。

という狐の鳴き声が聞こえた。

おや？　と裕香は首を傾げる。この近くに、狐などいるのか。いや、そんなはずはない。日吉《ひよし》大社では、境内に神使である猿――本物の猿を飼っているが、ここでは、そんな話を聞いたことがない。なので、空耳かと思っていると、再び、

ケン……。

という鳴き声。巳雨も気づいたようで、

「狐さんだね……」

と不安げに辺りを見回し、

「ニャンゴ……」

グリも、キャリーバッグから顔を出して小さく鳴いた。

「ちょっと見てくるわね」

裕香は言うとバッグを肩から降ろし、玉砂利《たまじゃり》を踏みながら本殿脇を覗いた。本殿の中では、徐々に祈禱の声が大きくなってきている。それを聞きながら歩いていると、

「ケン！」

という大きな鳴き声と共に、突然一匹の狐が裕香に襲いかかってきた。

「キャアッ」

どうしてこんな場所に——と考える暇もなく、裕香は、玉砂利の上に叩《たた》きつけられていた。その上から、狐がのしかかる。同時にもう一匹、そしてまた一匹と、計三匹の狐たちが飛びかかってくる。

「お姉さん！」

巳雨の叫び声に狐たちは、ピクリと顔を上げた。そして二匹の狐が、巳雨を目がけて走り出す。

「みうちゃん、気をつけて！」

裕香も駆け出したが、

「痛っ」

残った一匹の狐が、裕香の足首に噛みついた。裕香は必死に特殊警棒を取り出すと、すぐさま長く伸ばし、それで狐を打った。

「キャン」

と鳴いて狐は離れたが、裕香は足首の痛みで走れない。その間にも狐が巳雨に襲いかかる。バッグから飛び出してきたグリが「ニャンゴ！」と大声で鳴きながら巳雨を庇うように、狐に戦いを挑んだが、何度も弾き飛ばされた。すると今度は、狐たちは牙を剝《む》きだしてグリに襲いかかった。

「グリ、逃げてっ」

巳雨は叫んだ。

しかしグリは、必死に攻撃をかわしながら、巳雨の側を全く離れようとはしなかった。巳雨も、玉砂利を手に取っては、狐に投げつけていたが、狐たちはものともせずに襲いかかってくる。

「みうちゃんっ」

裕香は警棒を手に駆け寄ろうとしたが、こちらの狐もしつこく裕香に襲いかかってくる。しかも、裕香の反撃に慣れてきてしまったようで、手にした特殊警棒は何回も空を切った。一方巳雨は、投石を諦めると頭を抱えてうずくまり、グリが何とか護っていたが、ついにグリは大きく弾き飛ばされ、鳴き声を上げて玉砂利の上に転がった。しかし、またすぐに「ニャンゴ！」と叫んで駆け戻ると、足から血を流しながらも一匹の狐の後ろ足に嚙みついた。

「グリ、いいから逃げて！」

巳雨は命令したが、グリは振り回されながらも狐から離れない。すると今度は、もう一匹の狐が巳雨にのしかかってくる。

「きゃっ」

叫ぶ巳雨の頭の上で、赤い口を大きく開けた。

鋭い牙が、鈍く光った。

「みうちゃんっ」

裕香は血を吐くような大声を上げた。

間に合わない！

しかし、まさに嚙みつこうとしたその瞬間。

狐は大きく後ろに弾き飛ばされた。そして思い切り玉砂利の上に叩きつけられ、何度かバウンドすると、砂埃《すなぼこり》の中でそのまま気絶してしまった。

〝えっ……〟

裕香は自分の目を疑う。

何が起こったのだ？

その時、もう一匹の狐がグリをボロ雑巾のように振り落とすと、大きく口を開いたまま巳雨目がけて宙を飛んだ。しかし、見えない壁に衝突したかのように、

「ギャン！」

と声を上げて垂直に落ち、頭を玉砂利に強く打ちつけてしまった。

裕香は、その様子を唖然《あぜん》と眺めていたが、とにかくチャンスだ。

巳雨を助けなくては！

足の痛みをこらえながら、特殊警棒を手に走り寄る。そして倒れている狐を打ち据えて、追い払った。

すると、裕香につきまとっていた狐が、急に怯えたような表情になり、逃げだそうとした。しかし、その狐の体が突然宙に浮かび上がる。そして、まるで尻尾を摑《つか》まれて振り回されたように物凄い速さで神楽殿まで飛んで行くと、大きな音を立てて鏡板に打ちつけられてしまった。

「みうちゃん、大丈夫だった！」裕香は足を引きずりながら駆け寄る。「怪我はっ」

「平気」巳雨はゆっくりと顔を上げた。「グリが守ってくれたから。でも——」

グリを抱き寄せる。

「グリが、怪我しちゃった。ごめんね。ありがとうね」

「ニャンゴ……」

「お姉さんも、足から血が出てる」

「大したことないわ」裕香は痛みをこらえて笑う。「でも、それにしても」

まだ体の震えが止まらないまま、周囲を見回した。

「一体何が起こったのかしら……。急に、狐たちが飛ばされて」

「きっと、神様が守ってくれたんだね」巳雨は微笑んだ。「良かったね、お姉さん」

「え、ええ……」

裕香は辺りに目をこらすが、やはり人の気配はなく、誰の姿も見えない。確かにここは稲荷大社だが、だからといって本当に神様がいるのか？

「とにかく」裕香は、巳雨の手を取った。「神社の人にお願いして、傷の手当てをしましょう」

「うん。グリもね」

「ニャンゴ」

裕香が社務所で今の話を伝えると、そんなことは初めてです、と誰もが驚いた。

「きっと、お山があんな調子なので、狐たちも気が立って、山を下りて来てたまたま出合ったあなたたちを、襲ってしまったんでしょう。大変な目に遭われましたねえ」

などと言いながら、全員の消毒と応急手当をしてくれた。それが終わって一息つき、裕香たちは再び境内に戻ると、

「ニャンゴッ」

グリが大声で鳴いた。そして、包帯の巻かれた足で玉砂利を蹴立て、一直線に走り出す。何が起こったのかと、そちらに視線を走らせた裕香の目に、

「助けてくれいっ」

と叫ぶ一人の小柄な老人と、その老人に噛みつくグリの姿が映った。

「確か、あの人は……」

貴船で会った、人形遣いの老人ではないか。

「たすけのおじいちゃんだ」巳雨が駆け寄る。「グリ、止めなさい」

「ニャンゴオッ」

「わしが悪かった」佐助は頭を抱えながら謝る。「許してくれい。仕方なかったんじゃ。命令されたんじゃあっ」

「ニャンゴ！」

「もちろん、磯笛じゃよ。勘弁してくれ」と言って佐助は、頭を庇いながら何かを差し出した。「ほれ、その証拠に、ここに狐憑き除けのお面を作って持ってきたんじゃ。その子に、やろうと思ってな」

見れば佐助の手には、可愛らしい白狐のお面が握られていた。

「これを被《かぶ》れば平気じゃ。狐に取り憑かれることはない。わしが保証する」

「ニャンゴオ」

「本当じゃ。嘘は言わん。必死で作ったんじゃ。信じてくれい」

しかし、グリの怒りは収まりそうもなかった。

「もういいよ、グリ」巳雨は佐助とグリの間に入った。「許してあげて」

だがグリは、巳雨を避けるようにして、佐助に嚙みつこうとした。するといきなり巳雨がグリの大きく開けた口の前に、自分の手を差し出した。

「ニャ！」

グリは寸前で牙を引っ込めようとしたが、間に合わなかった。巳雨の手のひらにグリの牙が立つ。

「痛っ」

「ンゴ！」

巳雨の叫び声に、グリは慌てて口を開いた。

「彩音お姉ちゃんが言ったでしょう」巳雨はグリに優しく言う。「良い人だって、誰かに命令されて仕方なくやってしまうことだってあるんだって。たすけのおじいちゃんだって、きっと本当は良い人よ。東京まで巳雨たちを迎えに来てくれたし、自分のお家にも泊めてくれた。それに、ほら」

と言って、白狐のお面を受け取る。

「巳雨のために、狐憑き除けのお面まで作ってくれたんだから。嚙みついたりしちゃ、ダメよ。もう止めなさい」

「ニャンゴ……」

「分かってくれて、ありがとう。良い子ね」

そんな様子を呆然と眺めていた裕香は、ハッと我に返ったように巳雨に近づいた。

「みうちゃん！　手は平気なの？」

「うん。大丈夫。グリが途中で止めてくれたから」

「すまんのう」佐助が情けない顔で、再び謝った。「わしのせいで、大変なことにならんかったか、心配じゃった」

「ニャンゴオ……」

「もういいのよ、グリ」巳雨は佐助に向かって微笑んだ。「おじいさんのおかげで、巳雨もお山に行かれるし」

えっ、と裕香は驚く。

「みうちゃんも、お山に行くの？」

うん、と巳雨は大きく頷いた。

「お友だちも来てくれたし、全然平気よ。もう何も恐くないよ」

「お友だち？」

辺りを見回す裕香を見て、

「あっ」巳雨はなぜか焦って答えた。「あ、あの……そう。たすけのおじいちゃん」

裕香が振り返ると、佐助もあわてて「わし、わし」と自分の顔を指差していた。

それを眺めて、

「では」裕香は肩を竦めた。「私も一緒に行きます。また、あんなことがあると大変だし」

「お姉さん、足に怪我してるでしょう」

「それでも、みうちゃんと佐助さんだけ行かせるわけにはいかないわ」

すると巳雨は、グリと佐助を、そしてなぜか別の方向を見やった。そして、

「分かった」と頷いた。「じゃあ、みんなで行こう。でも、お姉ちゃんたちから預かっている物は、どうしたら良いの」

「貴金属ね」裕香も自分の体から外す。「麓の警官に頼んで、保管しておいてもらいましょう」

そして、瀬口たちの分もまとめて一つにした時、大きな稲妻が稲荷山に落ち、裕香たちのいる麓までその震動が伝わってきた。

「急がなくちゃ！」

巳雨は言って、白狐のお面を被った。裕香は、グリの入ったキャリーバッグを肩に掛け「ニャンゴ」というグリの鳴き声に佐助も青い顔で歩き出す。そして巳雨を守るように、陽一も慎重に足を進めた。

＊

「もういい」

瀬口は呆れたように言った。

霊子に向かって、先ほどの狐の件と、そして鳥居の事件に関与していないかどうかを尋ねていたのだが、はぐらかしてばかりで全く埒《らち》があかないのだ。その上、彩音と祈美子が先を急ごうとしていたため、千本鳥居の辺りにいる警官を呼んで霊子を麓まで連れて行ってもらうので、そこで待機しているように告げた。

そんなやり取りを眺めていた祈美子が、

「それじゃ、私たちは先に行きましょう」彩音を急かした。「雷も、どんどん酷くなってきているし」

ところが彩音は、

「ちょっと待って」こめかみを押さえたまま、目をつぶって答えた。「もう少し、このままで」

えっ、と祈美子は驚く。

「どうしたんですか。さっきまでは、あんなに急いでいたというのに。どこか具合でも？」

「いいえ、そうじゃない」彩音は瞑目《めいもく》したまま首を振った。「ほんの少しだけ待って。ちょっと考えたいことがあるの」

「考えたいこと？」

ええ、と彩音は頷く。

「稲荷神について」

稲荷神の何を？　と祈美子は訊きたかったが、彩音の様子を見て止めた。今は静かにしてあげた方が良いと感じたからだ。それに彩音は、全く嘘を言っていない。

祈美子は、そっと彩音の側を離れた。一方瀬口は、仏頂面のまま霊子と対峙し、登ってくる警官を待っていた。そして光昭は——。

 祈美子は、意を決したように光昭に近づき、先ほど助けてくれたお礼を言った。

「だから」と光昭は微笑む。「ぼくが祈美ちゃんを助けるのは、当たり前のことじゃないか」

「本当に、ありがとうございました」祈美子はもう一度頭を下げた。そして問いかける。「でも、一つだけ訊いても良いですか？」

「ああ。どうしたの？」

「光昭さん。何か私に隠していることはありませんか」

えっ、と光昭は一瞬息を呑む。

「ど、どうしてぼくが、祈美ちゃんに隠し事を――」

「正直に言ってください。私、嘘は嫌いなの」

「だって、そんなことあるわけないじゃないか」

「澤村太市さんの事件に関しても？」

「伯父さんについて？」光昭は、視線を逸らせた。「な、なんでぼくが伯父さんに関してのことを、祈美ちゃんに隠すっていうんだ。祈美ちゃん、さっきみたいなことがあって、少し神経が高ぶっているんだね。可哀想に」

明らかに嘘を吐いている。

祈美子は、そう確信した。

そこで祈美子が、もう少し突っ込んで問い詰めようとした時、バタバタと足音が聞こえ、若い警官が二人、

「警部補、お呼びでしょうか」

と叫びながら石段を駆け上って来た。

その彼らに瀬口は、霊子を麓まで連れて行き、監視しているように伝えた。そして自分たちはこれから山に行く、と。

そんな警官に祈美子は尋ねる。

「鳥居は？　鳥居はどうですか」

「はい」と警官は答える。「我々としても、手の打ちようがなく」

「あと、どれくらい残っていますか」

「おそらく、十基もないのではないかと」

「そうですか」

祈美子が嘆息した時、またしても大きな稲妻が稲荷山目がけて落ちた。祈美子たちの足元まで揺れる。

「警部補」警官が言う。「稲荷山は危険な状況です。登山は見合わせた方が――」

その時、彩音がハッと目を開いた。

「全ては、雷だったのよ！」

「えっ」

「祈美子さん」彩音は祈美子を見た。「行きましょう、お山へ。稲荷神の謎が全部解けたわ」

「稲荷神の謎？」

「あの人の言う通り、私たちはとんでもない勘違いをしていた。いえ、決して間違いではないかも知れない。でも、本質はやっぱり違う。稲荷神に会わなくては！」

「どうしたんだ、急に」光昭は啞然として彩音を見た。そして祈美子に尋ねる。「彼女は何を言っているんだ？」

しかし祈美子は、無言で首を振る。

「分かりません。でも、嘘は言っていない」そして彩音に向かって頷いた。「行きましょう！」

「ぼくも行こう」

「おい」と瀬口は警官に言う。「後は頼むぞ」

はっ、と敬礼する警官たちに挟まれて、

「それでは」と霊子は、なぜかニヤリと笑った。「また後ほど」

三人が石段を下りて行くと、彩音が言った。

「後から、巳雨たちが登って来ています。それと、裕香さんも」

「えっ」瀬口が彩音を見て「まさか」と笑った時、瀬口の携帯が鳴った。瀬口は着信を確認する。

「加藤巡査だ……」

と言いながら電話に出ると、まさに彩音の言った通り、全員でこちらに向かっているという。先ほど、麓で何やら事件があったらしい。

「分かった」瀬口は送話口で言った。「少し先に行っているから、気をつけてついて来てくれ」

そして電話を切ると彩音に尋ねる。

「どうして分かったんだ」

「姉妹ですから」彩音は微笑む。「さあ、行きましょう」

彩音たちは石段を登ると、三ツ辻へ向かう石畳の道を歩く。その途中で祈美子が、

「彩音さん」と声をかけた。「巳雨ちゃんたちを待っていなくて良いんですか？」

「ええ」と彩音は頷く。「佐助さんや裕香さんたちが一緒にいてくれるから、平気よ。先に行きましょう」

「そうですか」

やや不安げな顔を見せて頷きながら、祈美子は尋ねる。

「それで……。先ほどおっしゃっていた話ですけれど、稲荷神のどんな謎が解けたんですか」

「山上伊豆母や吉野裕子を知っている？」

「はい」祈美子は答える。「稲荷史六つの謎——」

「それらが全て解けたの」

えっ、と光昭も声を上げた。

「その謎は、ご本人も途中までしか解決されていなかったはずですよね！」

「ええ。でも、全部解けました」

もちろん「本当に解けたんですか？」と、祈美子は尋ねない。彩音が嘘を吐いていないことは分かっているからだ。

「では、ぜひ」と光昭は身を乗り出してきて、三人で並んで石段を登る形になった。

「聞かせてください。ぼくも、今までずっと引っかかっていたんです」

「まず、ある人から聞いた話なんですが」

と言って彩音は歩きながら、二人に陽一が火地晋から聞いてきた話を伝えた。

稲荷神の正体は「稲」や「穀物」の神ではなく、踏鞴《たたら》製鉄、つまり「鋳成り」の神だった――。

「そんな」光昭は驚く。「まさか！」

でも、と彩音は前を見つめたまま言った。

「そう考えることによって、長い間、多くの人たちが疑問に思いながらも手つかずだった稲荷神に関する謎が、一つ残らず氷解するんです。稲荷神は、龍神であり、雷神であり、蛇神だと考えさえすればね」

「狐じゃないのか」背後で瀬口が、息を切らしながら問いかけた。「稲荷の周りは、狐だらけだぞ」

「何度も言いますけど」彩音は肩越しに振り向いた。「狐は、あくまでも稲荷神の神、使です。稲荷神そのものではありません」

「そうなのかね」

「そうです」と祈美子も言う。「神社などで立っている狐は、いわゆる狛犬の役割を担っているんです。主祭神ではありません」

「なるほど」

肩を竦めながら納得する瀬口を横目で見て、彩音は山上伊豆母の提示した謎に言及する。まず「農耕龍雷神」の話。「稲《いな》」をそのまま「鋳《いな》」と考えれば、鉄を司っているのは龍雷神たちであるから、これは何の問題もなく納得できる。

そして「白」は「金」であり輝く鉄塊のことだから、稲荷山に飛び去ったという「白鳥」は「鉄鳥」、もっといえば「鉄奪《と》り」。実際に、鉄を奪いに東征した日本武尊《やまとたけるのみこと》も「白鳥」となっている。つまり、秦伊侶具《はたのいろぐ》が、稲荷山──鋳成山で発見したのは「稲」ではなく「鋳《いな》」であり「鉄」だった。

「いや、ぼくも……」光昭は驚きながらも頷く。「山の中に、稲田があるというのは、ちょっと不自然だと思っていたんだ。しかし、それが鋳──鉄だったというのなら、納得できる」

「今改めて思ったんだけど」

と断って彩音は言った。

「もしもそこに稲があり、代々荷田氏が祀ってきたのならば、おそらく彼らの名字は『稲田』氏になっていたかも知れないわね。よくよく考えたら『荷』の名詞の読みは『ハス』。つまり『荷田』は『蓮田《はす》』という意味になる。おそらく当時、伏見・深草の辺りは、彼らの名字の通り、泥湿地帯だったんでしょうね」

「言われてみれば……その通りですね」

しかも、と彩音は続ける。

「稲荷神は、その鉄を全て朝廷に奪われてしまった。それどころか『鋳』すらも『稲』に変えられてしまった。ゆえに彼らは、膨大な恨みを呑む怨霊となった。そのために稲荷大社では、御霊会が執り行われるようになった」

「確かに……」

「ちなみに、磐座も怨霊だわ。先日行った奈良の大神神社も、そして広島の嚴島神社もそうだった。だからこそ、稲荷大社では『杉』をいただくの」

「えっ」と祈美子は驚いて尋ねる。「初午《はつうま》大祭の『しるしの杉』のことですか？」

そう、と彩音は頷いた。

「杉は稲の形骸化したものという意見もあるけど、そうじゃない。というより、そもそも『稲』ではないのだから」

「ああ、確かに……」

「じゃあ、杉にはどういう意味が？」

「杉は、もともと畏《おそ》れ多い木だったんです」

「えっ。どうして？」

「『屋敷の周囲や屋敷内に杉を植えると、家が滅びるとか福が入らない』といった禁忌は東北から九州にまで分布していたし『杉が立ち枯れたりすると、災難が降りかかる』などといわれた。というのも、『日本書紀』神代上第八段には、素戔嗚尊が、

『乃《すなわ》ち鬚髯《ひげ》を抜きて散《あか》つ。即《すなわ》ち杉《すぎのき》に成る』

――と書かれている。また、能の『龍田《たつた》』に『三輪の明神の神木は杉なり』とあるように、大神神社には『しるしの杉』があり、これは大物主《おおものぬし》神が座したという伝説が残っている。またその他にも神社の境内には『巳《み》の神杉《かみすぎ》』『おだまき杉』『衣掛杉《ころもがけのすぎ》』など、何本もの神杉がある。杉は、大神神社を代表する樹木なのよ。だから、酒屋の軒先では『標《しるし》の杉』といって杉玉を掛けるし、酒樽を杉の木で造っていた。つまり杉は、素戔嗚尊や三輪明神・大物主神などの、朝廷が滅ぼした神の『しるし』だったというわけ。それを稲荷大社でも神の『しるし』として扱っていた」

「……そういう意味があったんですね」

三徳社の前を歩きながら、祈美子と光昭は大きく頷いた。もう少しで四ツ辻まで到着する。彩音は、三徳社の前にたくさん飾られている奉納の鳥居を眺めながら、二人

に言った。

「この鳥居の色も、証拠の一つ」

あっ、と光昭は叫ぶ。

「朱色だ！」

「そういうことです」

「え。どういう意味ですか？」

尋ねる祈美子に、光昭は説明する。

「伏見稲荷大社の鳥居が朱色なのは、魔除けの色だからだとか、虫食いを防ぐからだとかいわれてきた。でも真実は『朱』——つまり水銀を表していたんですね。これも製鉄関係だ」

「ああ」祈美子は彩音を見た。「そうだったんですか！」

彩音は無言で頷くと、鳥居の側にたたずむ狐を見る。

「今までの話を裏づけるのが、江戸の有名な花火屋さんの名称にもなった、狐たちがくわえている『玉』と『鍵』。今では『玉』は稲玉とか、宇迦之御魂大神の『魂《たま》』だということになっているし、『鍵』は米倉の鍵だという説明をしている」

私は、と祈美子が言った。

「『その原型は、タマは稲霊をあらわし、カギは稲を刈る鎌であったらしい。藤原氏の始祖である中臣鎌足の誕生のとき霊狐が口にくわえた鎌を献じたことから、彼は「鎌子」のち「鎌足」と名づけられたという』――という話を聞いたことがあります」

「その話も、つまり鎌足が鉄を奪ったということでしょう」

「あっ」

「でも今は、それは後回しにするとして――。『鍵』は確かに『鎌』だったと思う。でも、もう一つの物は『玉』ではないと思いついたの」

「それでは何ですか？」

「狐の像ではなく、もともとの形を思い出して。たとえば、あの幟《のぼり》」

彩音は風に翻る「稲荷大神」と書かれた幟に描かれた「玉」の絵を指差した。

「素直に眺めれば、あれは『炎』以外の何物でもない。炎の中に、玉が描かれている」

「本当だ！」光昭が叫ぶ。「確かに『玉』の周囲に火炎が立っている――」

「炎の中に玉鋼《たまはがね》があるということですね」

「ああ……」

「これで、朱である水銀、炎と玉鋼、農耕用の鎌の鉄、全てが出揃ったわ。そしてその中でも、特に狐は火と縁が深い。吉野裕子が言っているように『火は土を生ず。土は金を生ず』という陰陽五行説に従って、『土』に分類される『狐』を当てはめれば『火は狐を生ず。狐は金を生ず』ということになる」

と言って彩音は、この稲荷山を舞台にした能『小鍛冶』の説明をした。現在の「長者社」がある場所で、天下の名工・三条小鍛冶宗近の相槌を狐が務めて刀を作り上げた――。

「ほう、そんな話もあったのか」後ろで瀬口が言った。「まさにそのままだな。狐が金――剣を生んだというわけだ」

「そうです」彩音は答える。「火と金・鉄の間に、狐がいたということになります。しかもここで、この五行説を調べると『金』に当てはまる食物――穀物が見つかるんです」

「それは、ひょっとして――」

「そう」と彩音は、問いかける光昭を見た。「まさに『稲』なんです」

えっ、と祈美子も目を見張る。

「ということは『土と金』は、そのまま『狐と稲』に置きかえられる！『土は金を生ず』という言葉が『狐が稲を生ず』になる」

ええ、と彩音は首肯する。

「また『午は火の旺気《おうき》』で『火の最も盛んな象《しよう》』といわれている。だから今の吉野裕子も『狐の民話に馬糞とか馬の尻などが伴うのは、十二支の午（馬）が旺《さか》んな火気の象徴で』と言っているし、『松山義雄氏の資料によれば、狐の大好物の一つに馬のつめ（蹄）があり、狐はこれの大蒐集家の由である』ともいう。だから、ここで火と狐と馬が結びついてくる」

「それで、稲荷大社では初午のお祭りが！」

「もちろんそれも一理あるけれど、でも実は、もっと大きな理由があるみたいなの」

と言って、彩音は少し言いづらそうに、陽一が火地から聞いた「初午」の話を三人に伝えた。

「初午」は女性でいえば「初潮」であり、同時に「初花」、つまり踏鞴製鉄において、鉄が生成される予兆でもあった。そして双方共に「子宝《こだから》」「粉宝《こだから》」を生む——。

「いや……」光昭も戸惑いながら尋ねる。「その話は、本当なんですかね」

「池田弥三郎も、こう書いています。

『女の一人前の資格としては、来潮ということははなはだ大事なことであった。「初午は、娘も赤の飯《まま》をたき」などは、江戸の町でもそうだったことがわかる。二月の初午と、月経の異名を馬ということから』云々と。そして伏見稲荷大社では、まさにその日に、タタラと縁の深い三輪明神・大物主神を象徴する『杉』を参拝者に分け与える」

「なるほど……」光昭は、大きく嘆息した。「確かに今の話——『稲』を『鋳・鉄』と考えることによって、稲荷神にまつわる謎の殆どが氷解しました」

「私も、驚きました」祈美子も何度も頷く。「全く知りませんでした。というより、疑おうとすらしなかった」

そして、大きく溜息を吐いた時、四人は四ツ辻に到着した。

京の街を眺めれば、暗く重い雲の下で、押し潰されるかと思えるほど縮こまって見える。彩音は、三ノ峰に続く石段を見た。

いよいよだ。間違いなく、この先に磯笛がいる。

「どうしましょう」祈美子が彩音に尋ねた。「ここで、巳雨ちゃんたちを待ちましょうか」

「それが良いんじゃないか」瀬口も言った。「全員で、まとまっていた方が安全だ」

しかし彩音は、

「いいえ」と首を横に振った。「このまま、峰を目指しましょう。巳雨たちは、私たちと違う方向へ行くでしょうから」

「えっ」光昭も尋ねた。「ぼくらとは、お山を逆にまわるということですか？」

「ええ。そうしないと、時間が足りないんです」

「危険を承知の上、ということですね」

「はい」きっぱり答えて、彩音は瀬口を見た。「それで、瀬口警部補は、ここで巳雨たちを待っていてもらえますか。もうすぐやって来る裕香さんたちと合流していただきたいんです」

「それは構わないが……。きみたち三人だけで、大丈夫なのか」

「もしも危うくなったら、助けを呼びます。あ。いえ……巳雨の携帯を鳴らします。それで平気よね、祈美子さん」

「はい」

「そうか」力強く頷く祈美子を、そして光昭を見て、瀬口は了解した。「では、気をつけて。しかし、決して無理をしないように」

不安げに見送る瀬口を残して、彩音たちは「仁志むら亭」脇の石段を登った。


しばらくすると、瀬口の待つ四ツ辻に、彩音の言った通り、キャリーバッグを肩に掛けた裕香と、登山杖を片手の佐助、そして白い狐の面を被った巳雨の姿が現れた。

「警部補！」瀬口の姿を認めた裕香が叫んだ。「遅くなってすみませんでした。待っていてくださったんですね。ありがとうございます！」

「ああ」

と答えた瀬口は、巳雨の被っている面を見て驚いたが、何かのおまじないらしい。確かに「鰯《いわし》の頭も信心から」という諺《ことわざ》もある。子供の考えることだからと瀬口が苦笑していると、裕香が尋ねた。

「それで、彩音さんたちは？」

そこで瀬口は、彩音に言われて裕香たちの到着を待ち、ここで合流することになったと告げる。

「あちらは、三人で大丈夫でしょうか？」

不安な顔を見せる裕香に、瀬口は答えた。

「といっても、君たちも心配だからな」

彩音たちには光昭がいるが、こちらは若い女性と老人、それに小学生の女の子だ。別行動するならば、確かにこちらに加わっていた方が良いだろう。

「じゃあ、巳雨たちも急ごう！」巳雨が、瀬口と裕香を急かせる。「あっちだよ」

「お姉さんたちとは、逆回りするということだね」

そう、と狐の面で答える。

「早く早く！」

巳雨は佐助の腕を引っ張って正面に続く石畳の道を足早に歩き出し、瀬口と裕香もすぐその後を追った。

彩音たちは、三ノ峰を過ぎると荷田社の手前で立ち止まった。祈美子——榴家代々のお塚の前だ。三人で並んで、心から祈る。どうか無事に、この事態が収まりますように、力を貸してください……。

そして祈美子が、三ノ峰に戻ろうとした時、彩音が言った。

「急ぎましょう。二ノ峰へ」

えっ、と祈美子が不思議そうな顔をする。

「でも、主祭神の宇迦之御魂大神は三ノ峰に――」

いいえ、と彩音は首を振る。

「私の考えが間違っていなければ、磯笛たちは、必ず二ノ峰にいるはず」

「そう……ですか」

祈美子は不安げに頷き、雷鳴がひっきりなしに轟く山道を、彩音たちと共に二ノ峰へと向かった。

荷田社を過ぎて石段は下りになったが、すぐにまた急な登り坂に変わる。最後の石段を登り切り「青木大神」と大書された紅白の幟が、強風にあおられている二ノ峰――稲荷山中社の前に立つ。すると、社に続く十六段の石段を見上げた祈美子が、

「あっ」と声を上げた。「あなたは！」

彩音と光昭も石段を見上げる。するとそこには、無数の狐の石像に囲まれるようにして、巫女姿の霊子が二人、いや、霊子ともう一人、そっくりな色白顔で、背格好も殆ど同じ女性が立っていたのだ。

「どうして……」

困惑顔で問いかける彩音を見て、

「ふん」と霊子は鼻で嗤った。「ここは、私たちの住み処《すか》。助けてくれる仲間は、大勢いるわ。警官たちは下山途中で狐に襲われて、哀れにも谷川に落ちてしまったの」

そう言って霊子は、傍らの狐の頭を撫でた。本物だ。石像に混じって、本物の狐が何匹かいる。

「この人たちね」もう一人の女性が、千早の袂を風になびかせながら言った。「身の程知らずな人間というのは」

「そうよ、妖子姉さん。哀れを催《もよお》すほどなの」

「でも、しかたないわ」妖子は悲しそうな顔で言う。「身の程知らずな行為は、必ず命に関わるものよ」

「何をあなたたちは、勝手なことを――」

怒りながら、彩音が石段に足をかけた時、

「意外と早かったわね」

拝所の奥から磯笛が姿を現した。その隣には、先ほどの銀色の毛並みの狐――朧夜も、まだ額から微かに血を流しながら憎々しげに彩音たちを睨んでいた。

彩音の言う通り磯笛は、この場所にいた。

「途中で凶暴な狐にも襲われず、幸運だったわね。山中は危険よ。朧夜でさえ怪我をするくらい」

　磯笛は口元を歪めて笑い、朧夜は、

「ケン」

　と鳴いて彩音たちをギロリと見た。

「やはり生きていたのね」彩音も磯笛たちを睨み返す。「そして、この稲荷山の事件は、全部あなたのせいというわけ」

「そういうこと」磯笛は、左眼に掛けた黒い眼帯を押さえながら答える。「そして、あなたは、嚴島で高村さまとお話を交わしたにもかかわらず、またしても私の邪魔をしようと考えている」

「当然でしょう。いいかげんに止めなさいっ」

「残念ながら」磯笛は、彩音の言葉をそよ風のように軽く受け流すと、遠くを眺めた。「また一基、鳥居が倒れてしまいました。もう、時間の問題」

「元通りに建て直したらどうなの！」

「妖子さん、霊子さん」磯笛は二人を見る。「元通りにできるでしょうか」

　いいえ、と妖子は悲しげに首を振る。

「一度倒れた物は、もう無理です」

それが、と霊子は冷たく微笑む。

「物理学的法則」

「でも！」と彩音の後ろから、祈美子が大声で尋ねた。「どうして千本鳥居が、簡単に倒れたの？ 鳥居に何をしたんですかっ」

「それは」と妖子が答える。「生贄です。あの方たちのおかげで、結界にひびが入ったから」

「四人で」霊子が微笑む。「真っ白い垂《しで》になってくれた」

「垂？」

「ご存知ありませんか？ 玉串《たまぐし》や注連縄《しめなわ》に飾る」

「もちろん知っています！ そうじゃなくて、四人が白い垂になったというのはどういうことなの」

垂は、と霊子は言う。

「そもそも、注連縄や玉串などにつけて垂らす紙のことだけれど、古くは人間をぶら下げて、死出の旅に赴かせることを表現していた。『垂《しず》る』という言葉には『形ある物が、ぶらりと下がりたるさま』という意味があるようにね。だから『しず』というのは『静かになる』『鎮まる』という意味だけど、死んで動かなくなることが、もともとの意味」

「何ですって！」

だから、と妖子がつけ加える。

「てるてる坊主も吊し首でしょう。あれも一種の生贄。晴れれば甘酒をご馳走になれるけれど、雨が降ったら、その首さえも落とされる。そんなことを考えつくなんて、全く以て人間とは残酷な生き物ですね」

そして二人で、ケラケラと笑った。

その背後で、

「ただ今回は」と磯笛が言った。「『白』の名前が必要だったのに、白田鉄男以外、適当な人間が見当たらなかった。そこで、陰陽五行説に則って『白』を表す文字が入っている人たちを捜したの」

「え？」

「澤村太市、秋本義江、白田鉄男、西崎庚二。全員の名前に『白』に分類される文字が入っている。澤、太、秋、義、白、鉄、西、庚――とね」

「そんな理由で！」

しかも、と妖子がつけ加える。

「澤村と秋本は、藤森《ふじのもり》神社の熱心な氏子だった。そして未だに、伏見稲荷大社を恨み続けていた」

「確かにそうだ……」光昭が呆然と言った。「伯父さんは、自分の父親から聞かされた話だと言って、大社の悪口を言っていた。だから……」

チラリと祈美子を見る。

「狐も大嫌いだった」

「また、白田と西崎は」霊子が続けた。「地元の猟友会の会員で、何一つ罪もない私たちの仲間を散々殺した」

「しかし、それにはきちんとした理由がある。そうしないと、麓の畑で――」

笑わせないで、と妖子が三人を見る。

「勝手に山林を乱開発しておいて、棲《す》み処《か》を失った仲間たちが麓まで下りて来ると、猟銃で撃ち殺した。土地を奪って行き場所をなくさせて、その結果、自分たちの近くにやって来ると撃ち殺す。これが正しい行為だとでも？」

「それは……」

言葉に詰まる光昭たちを見て、

「だから、うってつけだったわ。殺すのに、何のためらいもなかった」

霊子は妖子と顔を見合わせて笑った。

「最後は、殺さないでくれと懇願していたけれど、私たちの仲間はそんな懇願すらできなかったのよ。食べ物を求めて歩いているところを、予告もなく撃ち殺された」

「し、しかし……だからといって、生贄なんて。おかげで、鳥居もあんなことに！」

反論する光昭を、磯笛は哀れむように見つめた。

「その『垂』を取り外してしまったのは、あなたたちよ。そのままにしておけば何の問題もなかったのに、無知な警官どもが『垂』を外してしまった」

その言葉に「ホホホ……」と笑う妖子たちに、

「吊り下げたままなんて！」光昭は怒鳴った。「そんなこと、できるわけないだろう」

「でも、そのために一度張り直した結界にひびが入って、崩れてしまった。そうなると、後は簡単。手で触れるだけで鳥居は倒れる。それこそ、狐の尻尾でも」

「そうやって」彩音は睨む。「稲荷神を解き放とうとしたというわけね」

「その通りよ。分かっているじゃない」

「そうだとしても」

彩音は眼を細めて磯笛を、妖子を、そして霊子を見た。

「あなたたちは、稲荷神について勘違いしている。いえ、殆ど何も知らない」

「一体、何を根拠にそんな戯言《たわごと》を？」

「今、あなたたちがこの場所にいることが、それを証明しているわ。というより、何も知らなければ、ここに来ると考えたから、私たちは二ノ峰・中社を目指して来た」

「自分で何を言っているか、分かっているの？」磯笛は鼻で嗤う。「彼女たち、如月妖子・霊子姉妹は、この山で暮らしているのよ。長い間、稲荷神と共に」

「それでも、知らないものは知らない」彩音は残念そうに首を振った。「それは、私も同様だった。私も、ついさっき知ったの。それに、今現在だって、たとえば自分の住んでいる土地の、本当の地主神を知らないまま暮らしている人間が殆どでしょう。本当の稲荷神の姿を知らないまま生きている狐たちだって、無数にいるということ。悲しいけど」

「じゃあ、あなたは」霊子が食ってかかった。「本当の稲荷神は、どこにいると言うのよ！」

「霊子」と妖子がたしなめた。「どうせ口から出任《でまか》せよ。こんな人たち、真剣に相手することはないわ」

あなたたちは、と彩音は言った。

「自分たち、狐に関してすら真実を知っていない」

は？ と霊子が呆れ顔を見せた。

「私たちにそんなことを言うなんて、どうかしているわね。それに、そこにいる女も、一種の狐でしょう」

「人間が、人間のこと全てを知っているわけではない。それと同じ」

「何ですって」

狐は、と彩音は二人を無視するかのように口を開いた。

「吉野裕子によれば、

『頭部が小さく尻が大きい狐の形状は、「瓠《ひさご》」に相似である。「狐《こ》」字は「瓠《こ》」に通じる。瓠は和名ヒサ、またはヒサゴで、「瓢」と同じ。つまり「ひょうたん」である』

――という」

「あなた……何の話をしているの」

しかし彩音は続けた。

「その『瓠は酒・水を入れる容器となり、ひいては神祭用の礼器となる。またこれを縦に二つに割れば「斗」つまり柄杓《ひしやく》となり』『瓠を二つ割りにした柄杓、つまり「斗」は、その形が北斗七星に相似である』『通常、単に「斗」という場合には多く北斗七星を指す』――」

「だから、それが何よ！」

「そこで彼女は『狐＝瓠＝北斗七星』だと言った。というのも、百歳の老狐は北斗を祀り、また人間の男や女に化けて人を惑わせるという伝説があるから。これは重要なポイント」

「もういいわ！　そんなことより――」

「でも！」と彩音は手を挙げて、霊子の言葉を遮った。「私は、それだけではないと思う。もっと現実的な話に目を移せば『日本霊異記』などで、狐は『来つ寝』。つまり、遊女のような存在だと書かれている」

その通りね、と磯笛が苦々しげに言った。

「『狐を妻《め》として子を生ましむる縁《えに》』に、『「毎《つね》に来りて相寐《ね》よ」といふ』とある。これによって、今まで『野干《やかに》』と呼ばれていた狐が『来つ寝』と呼ばれるようになった、とね。狐に対する酷い侮辱だわ」

そして、傍らに佇む朧夜の頭を撫でた。

「それ以来、いえ、それ以前から、私たち狐は大いなる差別を受け続けてきた。『鬼《き》衆根《つね》』『怪衆根《けつね》』、あるいはまた『夜の人』『夜者《よもん》』などと呼ばれて、遊女と同様に見なされた。実際に舟中で売春をしていた下等な私娼は『舟狐』と呼ばれた」

「その『遊女』の名前をつけられたのが」

彩音は磯笛を見つめた。

「『浮か女《うかめ》』、つまり宇迦之御魂《うかのみたま》大神だった。実際に、安倍晴明の母親とされる遊女の住んでいたという信太森葛葉《しのだのもりくずのは》稲荷神社の祭神は、宇迦之御魂神と大己貴《おおなむち》神。しかも、狐は『遊女』だけではない。『夜の殿』とも呼ばれて、狐の尾は男根だとも考えられるようになった」

「えっ」

と顔をしかめる祈美子を横目で見て、彩音は続ける。

「実際にある地方では、つい最近まで早春に行われる『狐がえり』という行事があった。それは、村中の子供たちが山中を狐の尾に見立てた藁縄を振り回しながら歩き、そのまま里に下りて新嫁が来た家に行き、嫁の尻を藁縄で叩いた。それによって、嫁に子が授かると信じられていた。つまり、狐の尾で子供が生まれる――。でも」

と言って、彩音は磯笛たちを見つめた。

「先ほどの、吉野裕子の説を思い出して。狐は北斗七星だという話を。彼女は、自分では気づいていないかも知れないけど、とても重要なことを言った」

「星だから素晴らしいとでもいうの？」

違う、と彩音は首を振る。

「狐が人を化かす時は、薄《すすき》の穂を口にくわえ、髑髏《どくろ》を戴いて北辰《ほくしん》、つまり北極星、あるいは北斗七星に祈るという。『朝野群載《ちょうやぐんさい》』によると北辰は『七曜九執《しちようくしゅう》の至尊として千帝万王《せんていばんのう》の暦数を掌《つかさど》り、人間の善悪を照らす』という祭文があるという。つまり北辰は、悪業を犯した魂に対してそれを懲《こ》らしめるという、司命《しめい》の星。それに向かって狐は祈る。また、狐に出会ったら自分の履き物を脱いで頭に載せると化かされない、という迷信があった。これは明らかに、頭に土足を掛けられた仲間だということをアピールするため。つまり狐は、不当に貶《おとし》められた生き物であり、北極星あるいは北斗七星に繋がる。そして、これらの要件を全て満たす神が、遠い昔にこの国にいた。それは――」

彩音は一気に話すと、一息ついて磯笛たちを見た。

「素戔嗚尊」

「スサノオ？」

「そう」彩音は首肯する。「だから、狐は稲荷神の神使であり、かつ素戔嗚尊に繋がっている」

「それは当たり前じゃない」磯笛は嗤った。「稲荷神としてこの場所にいらっしゃる宇迦之御魂大神は、素戔嗚尊の娘神ですもの」

「そこが違う」彩音は、ゆっくりと首を振る。「今までの話を総合すれば、宇迦之御魂大神は『浮か女』であり『遊女』であり『来つ寝』である、北辰に祈る『狐』となるわ。ということは――」

彩音は眼を細めた。

「宇迦之御魂大神も、稲荷神の神使になる」

「一体、何を言っているの？」霊子が、カラカラと笑った。「あなた、頭が変なんじゃない。宇迦之御魂大神が神使だとしたら、稲荷神は誰だというのよ！」

「本当の稲荷神は」彩音は言った。「龍頭太であり、龍頭蛇。彼こそが稲荷神。いいえ『鋳成り神』」

　ふん、と磯笛は笑った。

「そんな蛇神がいたということは、聞いたことがあるわ。遥か昔にね」

「いいえ、今もいる。龍神・雷神・蛇神として、この山中に」

「昔話は、もうどうでもいいわ」

　雷鳴轟く中、磯笛は遠くを見つめた。

「今、最後の千本鳥居が倒れた」

「えっ」

　驚く光昭たちをよそに、磯笛は妖子たちに告げる。

「あなたたち、気をつけて。もうすぐ稲荷神が山を駆け下りる」

　磯笛は朧夜と共に大きな塚の横に身を隠し、

「はいっ」

　妖子と霊子は、急いで石段を駆け下りると、壁際に身を潜めた。狐たちも、バラバラと山中に散って行く。

「彩音さんっ」祈美子が駆け寄る。「私たちも、逃げましょう！」

「早くっ」光昭も叫んだ。「巻き込まれないように、大木の陰か石段の脇に！」

　しかし彩音は、

「ええ」

と答えただけで、中社正面の石段の下から動こうとしなかった。

「彩音さん！」祈美子が切り裂くような声で彩音を呼んだ。「急いでこっちへ！」

黒い雲の中に何本もの稲妻が走り、真夏だというのに凍えるように冷たい風が渦を巻く。緊張した面持ちで、磯笛が、妖子と霊子が、中社拝所奥の磐座を注視した。石段の下では、祈美子が大木の陰に隠れ、それを光昭が庇っている。

一秒。二秒。時は過ぎる。

しかし――。

それだけだった。

何も変化はない。

中社の拝所も、その周囲を取り囲む無数の塚も、「稲荷中社」と刻まれた大きな磐座も、奉納されている鳥居の群れも、微動だにしなかった。ただ、雷鳴と風の音だけが、二ノ峰に谺《こだま》していた。

「どういうことなの……」磯笛が、恐る恐る中社を見やった。「稲荷神は、どうなったの！」

「磯笛さまっ」

妖子と霊子も駆け寄る。

「おまえっ」磯笛は鬼のような顔つきになって、石段の下に静かに立つ彩音を睨んだ。「一体、何をしたっ。どうして宇迦之御魂大神が出て来ない！」

しかし彩音はその言葉を無視して中社と対峙し、二礼すると四拍手を打ち「稲荷祝詞《のりと》」を唱えた。

「かけまくも恐《かしこ》き稲荷大神の大前《おおまえ》に、恐《かしこ》み恐みも白《もうさ》く。朝《あした》に夕《ゆうべ》に勤《いそ》しみ務《つと》むる家の産業《なりわい》を、緩事《ゆるむ》無く怠《おこたる》事無く、弥奨《いやすす》め奨め賜《たま》ひ、弥助《たすけ》に助賜ひて、家門《いえかど》高く令吹興《ふきおこさしめ》賜ひ、堅磐《かきわ》に常磐《ときわ》に命長く、子孫《うみのこ》の八十《やそ》連属《つづき》に至《いたる》まで、茂《いか》し八《や》桑枝《くわえ》の如く令立槃《たちさかえしめ》賜ひ、家にも身にも枉神《まがかみ》の枉事《まがごと》不令有《あらしめず》、過《あやまち》犯《おか》す事の有《あら》むをば、神直日《かむなおび》大直日《おおなおび》に見直聞《みなおしきき》直座《なおしまして》、夜《よ》の守《まもり》日の守に守幸《さき》はへたまへと、恐み恐みも白す――」

唱え終わると、深々と一礼する。

そして磯笛を見た。

「宇迦之御魂大神は、そこにいらっしゃるわ」

「なぜよ！　全ての結界が外れたというのに、なぜ、磐座の中に留まっているの！」

「私の妹が、稲荷神にお願いしたから」

「龍頭太に！」

「宇迦之御魂大神は――」

と、彩音は口を開く。

「ここ稲荷山に、母神の大市比売神と共にやって来た。それこそ、秦伊侶具《いろぐ》と共にね。そして、龍頭太にもたとえられる素戔嗚尊が上社に、宇迦之御魂大神が中社に、大市比売神が下社に祀られた」

「彩音さん……」大木の陰からそろそろと出てきた祈美子が、尋ねた。「今、上社は大宮能売神の天宇受売命で、中社が佐田彦大神の猿田彦大神で、下社が宇迦之御魂大神になっていますけど」

「バカな」磯笛は嗤った。「宇迦之御魂大神は、ここの中社だ」

その通り、と彩音は祈美子を見て頷く。

「本来は、ここが宇迦之御魂大神の鎮座地だったの。でも、長い間に祭神が混乱してしまった。特に、素戔嗚尊と猿田彦大神は同じ製鉄神として混同された。その結果、素戔嗚尊・大市比売神というペアの代わりに、猿田彦大神・天宇受売命が祀られた。そのために、下社には天宇受売命が鎮座することになり、その後に移動した。その証拠も残っている」

「それは?」

「下社前の茶店に、歌舞伎役者たちの暖簾が掛かっていたでしょう」

「ええ。坂東家の」

あっ、と光昭が声を上げた。

「歌舞伎やお能は、天宇受売命をルーツとしているから！」

「そういうことだったんですか」祈美子も声を上げた。「私も、その理由が分からなかった……」

「もちろん歌舞伎は、出雲の阿国《おくに》が始祖といわれているけど、その根源をたどれば天宇受売命に行き着く」

「実は私も」と祈美子は大きく頷く。「主祭神が下社というのは、おかしな話だと思っていました」

と言って、昨日も光昭とそんな話をしたことを伝えた。

「でも、彩音さんのおっしゃるような配神ならば、納得がいきます」

「ひょっとすると『杉』の信仰も、素戔嗚尊や猿田彦大神と共に、この稲荷山に入ってきたのかも知れないわね。というのも、踏鞴製鉄で一番大切な樹木は『松』だから。ゆえに、稲荷山でも、最初は『松』が重要視されていた可能性もある」

「あっ」と光昭が叫ぶ。「奥社奉拝所から熊鷹社に向かう鳥居のトンネルの途中に『根上がりの松』がある！　そしてこの松は『膝松さん』と呼ばれて、その根元を潜ると足腰の病に霊験があるといわれている。この『ねあがり』という名称から、株式関係の参拝者が多いといわれているけど、これも実は踏鞴だったんだ！　踏鞴関係者には、足を失ってしまった人が多いというから」

そう、と彩音は頷いた。

「そして、その『ねあがり』というのは、おそらく『一つ目上がり』を表していたんでしょう」

「一つ目上がり？」

「踏鞴で、眼を一つ失ってしまうこと」

「ああ、そういうことだったのか……」

大きく嘆息した光昭の隣で、祈美子も言う。

「そういえば、麓の荷田氏の邸宅跡とされている場所に『松の下屋』という、旧宮司官社だった茶店があります。でも、なぜ『松の下』という名前がついたのかは謎だと聞きました」

「じゃあ、やはりもともとの稲荷山の神木は『杉』ではなくて『松』だった可能性もあるわね」

そう答えて、彩音は磯笛たちに向く。

「そして、宇迦之御魂大神が鎮座されたために、いつしか、本当の稲荷神だった龍頭太という名前すら、忘れ去られてしまった。もしかすると、それは意図的に操作されたのかも知れない。『鋳《いな》』が『稲《いな》』と変えられてしまったように」

「何ですって！」

「でも、そんな話は平安時代よりも遥か昔の出来事。ゆえに、吒枳尼天が知るわけもなかった。そもそも吒枳尼天は愛染明王の前身であり、その起源はインドのパラマウ地方――ベンガル地方の南西部に居住していたドラヴィダ族の一部族、カールバース人たちが、地母神《ちぼしん》の配偶者として、農耕神として信仰していた女神だった。その後、性や愛欲を司る女神に変化して、紀元前三世紀頃のインドで流行し、紀元三世紀頃には、大憤怒の性格を持つ凶暴な神で人肉を食らう神といわれるようになった。やがて日本では平安末期の頃から、白狐にまたがる天女形として表され、左手に宝珠、右手に剣を持つ二臂《にひ》像と、右手に剣・矢・鉢・未開敷蓮華《みかいふれんげ》、左手に摩尼《まに》宝珠・弓・錫杖《しゃくじょう》を持ち、左の残り一手は施無畏《せむい》印を結ぶ八臂《はっぴ》像が一般的ね。そして、吒枳尼天が白狐に乗っていたため、辰狐《しんこ》王菩薩《おうぼさつ》とも称されて、稲荷信仰と結びついた」

「まあ、詳しく知っているようね」磯笛が呆れたように言った。「でも、今は吒枳尼についての話はどうでも良いの！　稲荷神よ」

「妖子さんも言っていたじゃない」

「私が何を！」

身を乗り出す妖子に向かって、彩音は言う。

「この地は、藤森神社の物だったんでしょう。その土地を奪ったから、彼らが稲荷大社を恨んでいる」

「そうよ——」と答えて「あっ」と息を呑んだ。

「その藤森神社が祀っていた神が、本来の稲荷神だと！」

「そういうことね。つまり、素戔嗚尊を始めとする、三輪・賀茂系の神」

「それが、龍頭太？」

「現在の伏見稲荷大社でも認めているように『実は伏見稲荷はもともと蛇信仰（龍神信仰）が中心だった』ということ。『稲荷神は山の神であり、本来は龍蛇を眷属に従えていた。その後、平安時代には蛇信仰から狐信仰に交代し』たのよ。それはなぜか。答えは簡単。実際は違うにもかかわらず『浮か女』や『来つ寝——狐』と呼ばれて貶《おとし》められていた宇迦之御魂大神が、この稲荷山にやって来たから」

確かに、と祈美子も心の中で納得した。

そう考えた方が、文学的、民俗学的、そして情緒的に説明されるより、遥かに説得力がある。

「ゆえに——」

彩音は眼を細めて磯笛を見た。

「吒枳尼天も知らないことを、あなたが知るわけもなかった。いえ、むしろ吒枳尼天がいたから、他に考えが及ばなかったのかも知れないわね。残念ながら」

「何ということ！」

磯笛の右目が吊り上がると同時に、物凄い質量の殺気が周囲に溢れた。朧夜も彩音たちを睨みつけて「ケン！」と鳴いた。

「構わないわ」磯笛が命令する。「嚙み殺してしまいなさい」

すると、磯笛たちの両脇から数匹の狐が飛び出した。どれもが長い牙を光らせて、疾風のように石段を駆け下りて来る。

「危ない！」光昭が祈美子と彩音を庇うように、太い木の枝を手に前に進み出た。「逃げるんだっ」

「私の言葉も通じない」祈美子は青ざめた。「完全に心をコントロールされてしまっている」

「分かれて逃げよう！」

光昭が彩音に合図を送ったが、

「ほほほ」妖子が笑って、一ノ峰への道を塞ぐように両手を広げた。「山頂への道は通らせないわ」

「こちらもね」霊子も、三ノ峰に続く道に立ち塞がる。「麓へも行かせない。ここで死になさい」

「そこをどけっ」

光昭が霊子に怒鳴った時、一匹の狐が、彩音の首筋目がけて大きくジャンプした。

あっ、と祈美子は青ざめる。

しかし寸前でその狐は、大きく後ろに引き戻されたかのように飛び下がると、思い切り石塚に体を打ちつけ「ギャン」と鳴いて、石畳に墜落した。

「あっ」磯笛は、その光景を見て怒鳴った。「きさま！」

しかし狐たちは次々に、まるで尻尾を摑まれて振り回されているかのように弾き飛ばされ、石塚や石畳にぶつかった。

「何だ、おまえはっ」

妖子と霊子が叫び声を上げ、

「何が起こっているの……」

その様子を呆然と眺めていた祈美子と光昭の耳に、三ノ峰の方から、

「大丈夫かあっ」

瀬口の大声が届いた。それに続く、バタバタという足音。そして瀬口と裕香が、佐助と巳雨の姿が見えた。

「怪我は！」

と尋ねる瀬口に、

「ご心配ありがとうございます」と彩音は、磯笛から視線を外さずに答える。「今のところ何も。それより、警部補」

「どうした」

「彼女たちが、今回の殺人事件の犯人です！」

「何だとおっ」

瀬口に睨まれて身を翻そうとした妖子の腕を、光昭がねじり上げた。

「放せっ」

妖子は叫んで懐から小刀を取り出すと、光昭に斬りかかった。しかし、その腕もなぜか空中で止まり、

「痛い！」

悲鳴を上げて、石畳の上に凶器をカランと落とした。

「またしても、きさまっ」

意味不明な声を上げる妖子を、

「危ない巫女さんたちですな」

瀬口は苦笑しながら取り押さえた。同時に裕香も、霊子の手をロープでぐるぐる巻きに縛った。すると、

「間に合ったよ、お姉ちゃん！」狐面の巳雨が彩音に走り寄って来た。「全部お話ししてお願いしたら、鎮まってくれたの。凄く良い人だったよ」

「よくやったわ、巳雨！」

彩音は巳雨を、息が止まるほど抱きしめた。

「本当に良かった」

「長い髭を生やした、優しいお爺さんだったよ」巳雨は言う。「すぐ近くに玉依姫《たまよりひめ》さまもいたから、一緒にお願いしたの。巳雨たち、貴船で仲良くなったでしょう」

「そうね！」

笑い合う彩音たちの姿を、そして彼女たちの後ろにこっそり佇む佐助を見て、

「きさまっ」磯笛が憎々しげに叫んだ。「傀儡師《くぐつし》、裏切ったのか」

「裏切るも、くそもないわい」佐助は震える声で言い返す。「わしは、稲荷神を利用するのは、最初から嫌だったんじゃ。だから、この子たちに味方した」

「くだらぬ人間どもに手を貸しおって」

「人間にも、こうやって良い奴らもおるわい！　狐たちの世界と同じじゃ」

「爺《じじい》のくせに」磯笛は冷笑した。「つまらぬ感傷を言うな。そ奴ら人間たちのために、今までどれ程の国土や生き物が失われたというのだ。自分たちの欲得のため無益に争い、山野を荒らし、我らの仲間を殺戮《さつりく》した。しかし、まだ神祀りしている時代は良かった。だが、今はどうだ。それすらしないではないか。自分を産み育ててくれた父母を、足蹴《あしげ》にしているようなもの。生かされているという、謙虚さすら持たない。それで、生きる価値があるとでも言うのか！」

「し、しかし……」

「無知な輩どもめがっ」

　でも、と巳雨が磯笛と佐助の間に割って入った。

「狐のお姉さんだって、稲荷神のこと知らなかったんでしょう」

「何だ、この狐面の子供は」

「それだったら、巳雨たちと一緒だよ」

「何だと！」

「こっ、こら」佐助があわてて巳雨を止める。「止めろ、おまえっ」

「ニャンゴ！」

　しかし巳雨は、一歩前に出た。

「お稲荷さまは、とっても良いお爺さん神様だったよ。巳雨たちが、今まで知らなくてごめんなさいって心から謝ったら、優しく許してくれた。そして、また会いに来てくれればいいよって言ってくれた」

「おまえは、勝手に何を話している――」

「狐のお姉さんたちも、ご挨拶に行ったら良いと思うよ。知らなかったことは、しょうがないよ。でも、知れば良いんだから」

「黙れっ。おまえのような小娘に、宇迦之御魂大神のことが分かってたまるか」

「宇迦之御魂大神さまも、そう言っていたよ。今は自分ばっかりになっちゃってるけど、自分が来るより先にいた神様を無視しないでって言ってた。だって、それはお父さんやお母さんを足げりにするのと同じだって」

「こ、小うるさいガキめがっ」磯笛の髪が逆立った。「ああだこうだと、邪魔くさいわ！　もういい」

磯笛は左眼の眼帯に手を掛けた。

「おまえら皆、ここで死ねっ」

あっ、と彩音が叫ぶ。

「吒枳尼天よっ。危ない、逃げてっ」

しかし、その言葉に反するように、祈美子が進み出た。

「祈美子さん！」彩音が押し留めた。「止めてっ」

だが祈美子は、

「巳雨ちゃんが、こんなに頑張ってるんですから。ここは私が」

と彩音の制止を振り切ると、意を決したようにまた一歩進み、そして祈る。

「稲荷山、我が玉垣《たまがき》を打ち叩き、我が祈《ね》ぎ事《ごと》を我と答えん――」

祈美子が石段を一段上る度に、ピシャッと稲妻が走り、稲荷山に落雷する。しかし祈美子は、磯笛を見つめたまま石段を登り、印を結んだ。

「オン・キリカク・ソワカ。

オン・ダキニ・キリキカソウタカ・ソワカ」

えっ、と彩音たちは祈美子の背中を見た。

「それはっ」

しかし祈美子は、淡々と続ける。

「日には烏《からす》、月には菟《うさぎ》。

是《こ》れ、吒枳尼天也。

南無飯綱《いづな》大白狐《びゃっこ》
白山《はくさん》成就来向、ウン・ソワカ――」

「祈美子さんっ」彩音は青ざめる。「止めて！」

「危ないぞっ」佐助も止める。「ダメじゃっ、吒枳尼天に祈っては！　あんたも魂を奪われるぞ」

しかし祈美子は続ける。

「ナウマク・サラバ・タタ・ギャティ・ヒャ・サラバ・ボケイ・ビャク・サラバ・タタラタ・センダ・マカロシャダ――」

そして印を結び直すと、一層声を上げた。

「唵《おん》尸《し》羅《ら》婆陀《ばった》尼《に》黎吽《りんうん》娑《そ》婆訶《わか》！」

すると、

「ぎゃあっ」

突然、磯笛が血を吐くような叫び声を上げた。そして、左眼を押さえると全身を大きく痙攣《けいれん》させながら、その場に崩れ落ちた。

「磯笛さまっ」

一瞬そちらに気を取られた瀬口たちを、妖子と霊子は信じられないような激しい力で振り切ると、磯笛のもとへと駆け寄った。

「こらあっ」

瀬口たちは二人を追おうとしたが、石段の下で彩音に止められた。

「見て」

「一体、何が起こったんですか？」

苦しむ磯笛と、祈美子の背中を驚いて見つめる裕香に、彩音は言う。

「磯笛の心の中が、引き裂かれたの。祈美子さんの真言によって」

「正と悪が闘っとるんじゃな」佐助が顔をこわばらせて言った。「まこと恐ろしい」

「くそっ」全身をブルブルと震わせながら左眼を押さえ、磯笛はよろりと立ち上がる。そして、祈美子に向かって二、三歩近づいた。「殺してやる！」

「祈美子さんっ、危ない！」

裕香が大声を上げた時、

「えいっ」

巳雨が何かを磯笛たちに投げつけた。

辺りが光の中に投げ込まれたように真っ白になる。突然、何かが爆発したかのようだった。誰もが声を上げると目をつぶり顔を覆って、動きを止める。同時に、

「キャアッ」

という悲鳴と共に、妖子と霊子の体が大きく宙に飛んだ。

大地を揺るがすような大音響が彩音たちを包み込み、木の焦げる臭いと共に全身は冷たい滝に打たれたように固まり、全員が地面に倒れ伏した。

やがて——。

一瞬気が遠くなっていた彩音は、肩を叩く陽一の声で我に返った。

「大丈夫ですか」

「……何が起こったの」

「巳雨ちゃんの投げた何かに、雷が落ちたようです」

「……みんなは？」

「無事です。ただ、妖子と霊子は完全に昏倒《こんとう》しています」

「磯笛は？」

「消えました」陽一が残念そうに答えた。「ついさっき、東の方に光が走りましたから、それが磯笛だったかも知れません」

「そう……」

と言って辺りを見回すと、まだ白い煙が立ち籠める中、皆、地面に倒れ、もぞもぞと動いている。巳雨も狐の面を飛ばされ、彩音の側で「うーん」と唸って顔をしかめた。彩音は、そのお下げ髪を優しく撫でる。

白い煙が少しずつ退いてゆくと、いつしか稲荷山を覆っていた黒い雲は消え去り、吸い込まれそうな夏の青空に変わっていた。

稲荷山に再び、眩しい夏が戻って来たのだ。


妖子と霊子は、瀬口と光昭が背負って四ツ辻まで運んだ。そこで麓の警官に連絡して応援を呼ぶ。彩音たちは、瀬口たちとそこで別れることにした。

「では、気をつけてくださいね」

別れを惜しむように言う裕香に、

「お姉さん、ありがと」巳雨が答える。もう大丈夫だろうという彩音の言葉に、狐の面は外していた。「また、会おうね」

「もういい」瀬口は苦虫を嚙み潰したような顔で答えた。「きみらと会う度に、実に悲惨な事態に巻き込まれる」

「そう言わず」彩音も微笑んでお辞儀した。「次もよろしくお願いします」

「ニャンゴ」

「お姉さんも心配しないで。頑張ってね」

「え？」巳雨の言葉に裕香は、泣き笑いした。「みうちゃん、ありがとう。頑張るわ」

「バイバイ」

巳雨が手を振り、彩音たちは下山する。

雨上がりのような爽やかな山道を下りながら、

「そういえば」と祈美子が尋ねた。「巳雨ちゃんたちは、どこへ行っていたの？」

「うん」巳雨は答える。「雷石と長者社だよ」

「そうだったのね。あそこに稲荷神が」

「注連縄が切れかかってて、垂も取れそうだったから、刑事さんたちに頼んで元通りに直してもらったの。あの辺りには、玉依姫さまだけじゃなくって、タタラの神様たちも大勢いたよ」

「恐くなかった？」

「ぜーんぜん」巳雨は首を振る。「だって、巳雨はあの人たちに何も悪いことしてないもん」

「それは……」祈美子は微笑む。「そうね」

神や怨霊を恐れるのは、その神々に惨《むご》い行為をした人間たちだけだ。どんな恐ろしい怨霊といえども、いきなり土足で踏みつけたりしない限り、無関係な人々に祟るはずもない。

「また今度、ゆっくりおいでって、ニコニコしながら言われた」

「ニャンゴ」

「ねー」

「良かったわね」

と笑う祈美子に彩音は、眼力社は踏鞴製鉄の火で視力を失ってしまった神々を祀り、薬力社では鞴踏みで足をやられてしまった神々を祀っているのだと伝えた。

「薬力社が？」

と呟いた光昭は、あっ、と叫んだ。

「そうか、それであの社は、足腰に御利益があるといわれているんだ」

「だから、草鞋がたくさん奉納されているのね」祈美子も、その光景を思い出しながら頷いた。「そういうことだったのね。そんなことも知らなかった……」

「平気よ」巳雨が言う。「知らなくても。今知ったから、それで良いんだよ」

「ところで巳雨」彩音が尋ねる。「あなた、何を投げたの。雷を呼ぶような、危ない物を持っていた？」

「長者社で、巳雨と仲良しになったお爺さん狐さんが貸してくれたの。きっと、帰ったら必要になるだろうからって。でも巳雨、あわてて投げちゃったけど、さっきちゃんと拾ってきた」

そう言うと巳雨は、彩音が肩に掛けているグリの入ったキャリーバッグから、何かを取り出した。

「ほら、これだよ」

それを受け取った彩音、そしてその後ろで陽一の二人は、

「あっ」

と声を上げると、その場で立ち止まってしまった。

「あ、あなた、これ——」

「何なんですか、それは」光昭が覗き込む。「剣みたいだけど、持ち手の部分は角が尖った八角形で、その真ん中に綺麗な石がついている。変わったブローチですね」

「八握剣《やつかのつるぎ》！」

「え？」

「十種《とくさ》の神宝《かんだから》の一つ、八握剣じゃないの！　これがどうして——」

と言って、彩音は思い当たった。「小鍛冶」だ。

ここは、剣の名産地ではないか。ならば、このような神宝があっても、少しもおかしくはない。それを稲荷神が、巳雨に貸してくれたのだ。

〝ありがとうございます！　少しの間、お借りします〟

彩音は長者社の方角を見て、心の中で伏し拝んだ。


熊鷹社を目指して歩いている途中、祈美子は光昭と二人、わざと彩音たちと少し離れた。光昭が、どうして祈美子に嘘を吐いているのかを尋ねることにしたのだ。太市の事件に全く関わっていなかったのに、一体何を隠しているのか。

すると光昭は、意を決したように、

「ゴメン」と祈美子に頭を下げた。「やっぱり、祈美ちゃんに隠し事はできないみたいだね」

そう言って苦笑する。そして、

「実は――」と口を開いた。「太市伯父さんは、ぼくと祈美ちゃんの結婚を、凄く反対していたんだ」

「伯父さんが？　でも、関係ないといえば、全く関係ない話じゃない」

「それでも、ぼくの父さんや母さんが、まだ若くて生活が苦しかった頃に、太市伯父さんには凄く世話になったんだ。もちろん、ぼくもとても可愛がってもらった。だから、みんなで悩んでいた」

「でも、なぜ私との結婚を反対していたの？」

「それは……」

光昭が、酷く辛そうに答えた。

祈美子の家の橲家が、稲荷山にお塚があるほど伏見稲荷大社の熱心な氏子だったことが、こちらも藤森神社の熱心な氏子の太市には許せなかった。

それに加えて、橲家は「狐筋《きつねすじ》」——。

「もちろんぼくらは、笑って否定した。今時、そんなものは全く関係ないだろうってね。でも太市伯父さんは、どうしても認められないと言った。それでも結婚するなら、澤村の家を出て行け。ぼくを養子に出して、父母とも縁を切ると言い張ったんだ。それから、顔を合わせるたびに大喧嘩になって……。そんなこともあり、ぼくは心の底で、伯父さんが死んでくれることを祈っていた」

「えっ」

絶句する祈美子の隣で、光昭は続ける。

「だから、太市伯父さんが殺されたと聞いた時、ぼくは内心、凄く喜んでしまったんだ。これで、誰の反対もなく祈美ちゃんと結婚できると思ってね」

「でも……」

ああ、と光昭は頷いた。

「ぼくもすぐに、この感情は人間としてどうなんだろうと悩んでしまった。ぼくや両親を、苦労して支えてくれた伯父さんの死を、こんなに喜んでいる自分は、最低の人間じゃないか、けだもの以下なんじゃないかってね。それは、祈美ちゃんのお母さんにも告白した。でも、絶対に祈美ちゃんには言わないと約束してもらった。昨日の病院でも、そんな話をしていたんだ。祈美ちゃんが、まだ眠っている間にね」

光昭は祈美子を見て苦笑した。

「最低な男だろう。嫌いになった？」

今の光昭の話に、嘘はなかった。

祈美子は、目の前に姿を見せ始めた、こだま池を眺めながら無言で首を振ると、光昭の腕に自分の腕をそっと滑り込ませた。そして、ぴったりと身を寄せた。

麓に戻った彩音たちは白狐社に参拝し、祭神の「命婦専女神《みょうぶとうめ》」に、何とか無事に下山できたことを報告した。その「白狐社」と書かれた立て札を見て、

「どうして『白狐』なのかも謎だといわれてきたけど」彩音は言った。「ひょっとすると、これも『鉄』からきているのかも知れないわね」

「どういう意味ですか？」

問いかける祈美子に、彩音は答える。

「磯笛が、陰陽五行説では『鉄』も『白』に分類されると言っていた。そして『西』も。とすれば『西』の方角は、ここ京都の四神相応《しじんそうおう》説によれば『白虎《びやっこ》』」

「あ……」

「ご存知だとは思うけど、ちなみに、北は『玄武《げんぶ》』、東は『青竜《せいりゅう》』、南は『朱雀《すざく》』に相当する。だから、西は『白虎』で——『白狐』になった」

「本当に、そういうことかも知れません！」

まあとにかく、と彩音は石段を下る。

「これで、稲荷神に関する謎は、全て解けたわね」

はい、と頷いて祈美子は、光昭と腕を組んだままで言う。

「でも、そもそもの稲荷神は蛇神だったという話には驚きました。いえ、宇賀神である宇迦之御魂大神と同じ、と考えればそこは納得できますけれど、それ以前の龍頭太の話とか」

「そう考えると、あの狐がくわえている鍵の形も、何となく『巳』という文字に見えてくるわね」

「そうですね」祈美子は笑った。「確か『字統』に、鍵という漢字は『最も重要な』という意味を持っていると書いてあったような……」

「その『字統』で思い出したけど、『蛇』という漢字は『い』とも読むんですって」

「『い』ですか？」

そう、と彩音は首肯した。

「もしかしたら稲荷は『鋳成り』だけじゃなくて『蛇形《いなり》』でもあったのかも」

「なるほど……」

祈美子と光昭は、顔を見合わせて頷きながら大きく嘆息した。

一方、一足先に石段を駆け下りた巳雨は、神馬舎から玉山稲荷社へ向かっていた。

彩音は声をかける。

「巳雨！　気をつけて。まだ鳥居の結界は壊れたままなんだから、余り近づくと危ないわよ」

「うん」

と答えて玉山稲荷社へと走る巳雨の向こう、朱色の鳥居の陰に、チラリと銀狐の姿が見えた。

あっ、と彩音は息を呑む。

「朧夜！」

「えっ」陽一も目を見開いた。「あいつ！」

すぐに走り寄ろうとしたが、朧夜は彩音たちを見るとニヤリと笑い、鳥居に体当たりした。メキッ、と嫌な音がして太い柱にひびが入り、ぐらりと傾いた。

「危ない！」光昭も、真っ青な顔になって走り出す。「巳雨ちゃんっ」

「逃げて！」彩音は叫んだ。「早くっ」

陽一たちと共に走り出すが、距離がある。すでに鳥居は音を立てて倒れ始め、驚いた巳雨は、目を大きく見開いたまま、その下で固まってしまっていた。

「巳雨っ」

彩音は悲痛な声を上げた。

このままでは、完全に鳥居の柱の下敷きになる！

「誰かっ」

「大変じゃ！」

グリもバッグを飛び出して、弾丸のように走る。

「ニャンゴオッ」

「巳雨ちゃんっ」

「神様っ」

「巳雨ーっ」

彩音の全身から、血の気が退いた。間に合わない！

誰もが悲鳴を上げる中、鳥居は砂埃を巻き上げ、大きな地響きを上げて倒壊した。

陽一も、あと一歩で届かず、その場に硬直していた。

彩音は必死に駆け寄る。こうなったら一刻も早く、巳雨を柱の下から救出しなくてはならない！

しかし、

「お姉ちゃん」

巳雨が泣きそうな声で彩音を呼んだ。見れば巳雨は、柱からギリギリのところに倒れていた。

「良かった！　うまく避けられたのね」

彩音は言ったが、巳雨は歯を食いしばって涙をこらえ、その横にグリがしょぼんと寄り添っている。

「どうしたの？」

尋ねる彩音に、巳雨はしゃくりあげそうになりながら指を差した。するとそこには、一匹の小さな白狐が柱の下敷きになって、息も絶え絶えに倒れていた。

「この子狐さんが……巳雨を突き飛ばして……助けてくれたの。それで自分が」

「えっ」

今朝、巳雨が助けてあげた子狐だ。

彩音が目をやれば、その子狐は巳雨を見て「クン……」と一声鳴くと、そのまま息絶えた。巳雨の身代わりになってくれたのだ。

「バカッ。だから、お礼なんていいって言ったのに！」

血が出るほど唇を嚙みしめながら、巳雨は、子狐の遺体を何度も撫でた。

「巳雨はね、泣けないのよ。折角お山も晴れたでしょう。だから、今は泣いちゃいけないの……。でも、ありがとうね。本当に」

神職や巫女や警官が集まってきて騒然とし始めた。

「怪我は？」「運が良かったですね」「他には誰も？」

などという会話が飛び交う中、巳雨はずっと子狐の背中を撫でていた。

「狐は、決して恩を忘れないんですね」陽一が静かに言った。「そして、どんな小さくても、必ず恩を返してくれる」

彩音も黙って頷く。

確かにその通りだ。

彩音の頭の中に『今昔物語集』の一節が蘇る。

「此《こ》れを思ふに、此様《かよう》の者は、此《か》く者の恩を知り虚言《そらごと》を不為《せ》ぬ也《なり》けり」――。

＊

彩音たちは、東京に向かう新幹線の中にいた。

このまま順調に戻れれば、昼過ぎには自宅にたどり着くことができる。その彩音の隣では巳雨が、そしてキャリーバッグの中ではグリが、軽い寝息を立てていた。

伏見稲荷大社で祈美子と光昭の二人と別れ、京都駅まで見送ってくれた佐助に、

「ニャンゴ！」

グリが何事か念を押し、佐助も、

「分かっとる、分かっとる」

と情けなさそうな顔で答えて、彩音たちは東京行き「のぞみ」に乗り込んだのだ。

京都駅を出発すると、彩音と陽一の二人は今回の事件や、火地から聞いた話などを振り返る。そして最後に、陽一は言った。

「結局、稲荷山の一ノ峰、二ノ峰などの神蹟には、もともと社が建てられていて、昔は古墳だったようですね。死者を埋葬し、なおかつその場で祀っていた」

「宇迦之御魂大神たちがやって来る以前は、そこに、たくさんの龍頭太たちがいたというわけね。そして大勢の神々が祀られた。昔は稲荷山も、神仏習合だったし」

はい、と陽一は頷く。

「しかし田村善次郎によれば、明治元年に発布された『神仏判然令』によって、社地内にあった仏教関係の物は厳しく棄釈《きしやく》され、その上、それまでは比較的自由に書くことができた神号も、全て『稲荷大明神』に統一されてしまい、その他の神名は一切排除されることになった。それで誰もが、稲荷山中に個人的な塚を作り始めた。だから、明治以降で急激に増えたんです。今も公には認めていないようですけど、あれらは全て、私的な祭壇です」

「昔は、あらゆるところにさまざまな神たちが、それこそ八百万《やおよろず》の神たちがいらっしゃった。それを無理矢理に国家が管理し始めた」

「酷い話です。伏見稲荷大社も、国家管理を離れて独立の宗教法人として運営されるようになったのはつい最近、第二次世界大戦終了後、昭和二十一年七月以降のことだといいますから」

「第二次世界大戦といえば、岡野弘彦がこんなことを書いていた。そもそも神前で大祓の祝詞を唱える際には『天つ罪』『国つ罪』と言い、犯した罪を一つ一つ数え上げて自分の身を省みることが『延喜式』に定められた形で、それは近代に至るまで堅く守られてきた。ところが、大戦が始まると内務省の神社局は、神前で祝詞をあげる際には、罪を一つ一つ唱えるのを止めるようにという厳しい一斉通達を出した、と」

「どうしてですか？」

「その説明は何もなかったらしいわ。でも、その理由は当時の誰もが分かっていた。というのも、その祝詞の中に『生き肌断ち』『死に肌断ち』という項目があったから。つまり、殺人を警《いまし》める文言がね」

「なるほど」陽一は頷く。「戦場では毎日、人を殺していたわけですからね。殺人は、日本古来の罪障の一つだったにもかかわらず、その時、軍部や政治家たちはそれを人々に強要していた。だから、自分たちに都合の悪い言葉を神前ではあげさせないようにしたんだ」

「そういうことのようね。酷い話だわ」

と言って彩音は、ふと窓の外を眺める。

「高村皇はあの時、日本を壊すつもりはないと言った。そして今回の磯笛や如月姉妹の言葉。彼女たちが言っていたような無神経で惨いことを、現在の私たちは繰り返している。しかも問題は、そこに祈りも反省もないということ。神を祀らず、人を信じず——。これじゃ一体、私たちと彼らのどちらが正しいのか分からない」

彩音は陽一を見て苦笑した。

「頭が混乱してきたわ」

「そんなことないです——と、はっきり言いたいところですが」

陽一も顔を歪めた。

「正直なところ、ぼくも少し動揺しています。情けない話ですが。今まで人間のしてきたこと、そしてこれから行っていくであろうことと、彼ら鬼神たちの主張と、どちらが正しいんでしょう」

彩音は答えられなかった。

一つ嘆息して、景色を眺める。目の前には、青々と広がる水田がある。無数の生物たちや、八百万の神々と共存している風景がある。しかし現在、我々はその世界を神々の許しもなく、祀りもせず、日々破壊し続けているのだ……。

そんなことを思っていると、突然携帯が鳴った。目を落とせば、登録していない番号。彩音は陽一に合図を送ると、耳に当てながらデッキに出た。すると相手は、

「観音崎栞《かんのんざきしおり》です」

と言った。昨日、嚴島神社で会った女性だ。そこで彩音が、昨日のお礼などをいいながら「どうしたの」と用件を訊くと、

「忘れ物をされませんでしたか？」と尋ねてくる。「多分、彩音さんだと思うんです」

彩音は陽一を手招きする。そして陽一にも尋ねたが、思い当たらないようだった。

「それは」と彩音は尋ね返す。「どんな物ですか？」

「年代物のブローチのようなんです……。私たちの周りでは、誰も知らないと言う

し、近くに『辻』と書かれた紙が落ちていたので」

「ブローチ？」

ええ、と栞は言った。

「まさに『古』という文字のような形で、上部の『十』の左右と上に丸い玉がついていて『口』の中心には、お稲荷さんの狐がくわえているような珠が――」

あっ、と息を呑んで彩音と陽一は顔を見合わせた。

「辺津鏡《へつかがみ》！」

十種の神宝の一つではないのか。

彩音の全身に、電気が走る。

辺津鏡ならば、それが嚴島神社にあっても何もおかしくはない。

でも、どうして！

「栞さんのお祖母さんの、夕《ゆう》さんですよ」陽一が囁《ささや》いた。「昨日の御礼で、市杵嶋姫《いちきしまひめ》の許可をもらった夕さんが、ぼくらに貸してくれようとしているんです」

「し、栞さんっ」彩音は携帯に向かって叫んでいた。「それは、私の物ではないんですけれど、今すぐにお借りしたいの。ほんの一日か二日で良いんだけど、お願いできるかしら」

「お願いも何も」栞は言った。「どうぞ、お持ちください」

と言われて彩音は、今からもう一度嚴島神社に戻ろうかと考えた。陽一に取りに行ってもらうことは不可能だからだ。栞に陽一の姿は見えない。

ところが、

「じゃあ、直接お届けします」と栞は言う。「かなりの年代物のようなので、郵便や宅配便だと心配ですから」

「直接といっても——」

「ちょうど明日、東京に出張する友人がいますから、彼に頼みます。その人ならば信用できるから。どこかで待ち合わせていただけますか？」

「助かるわ！　ありがとう。この御礼は必ず」

と言って、細かいことを相談すると、彩音は電話を切った。そして陽一と二人、見つめ合って大きく頷く。

摩季が死亡して五日目。

彩音の言葉通り、あと一日か二日の勝負だ。

エピローグ

私が稲荷山で体調を崩してしまったのは、結局、誰のせいでもなく、あの時お山に充満していた「気」のせいだったと納得した。

いきなり四人もの人間が殺され、結界を作っていた鳥居が倒され、何本もの稲妻がお山に落ち、悪意を持った狐たちが跋扈すれば、もともと狐に敏感な私の神経が変調を来してしまうのも、当然と言えば当然だった。低気圧や台風の到来と共に起こる偏頭痛や関節痛、それの酷い症状だったと考えれば理解できる。

しかし、そのために私は、光昭さんを疑ってしまった。だからこのことは、今はまだ恥ずかしくてとても口にできない。光昭さんを責めるどころか、逆に私が、彼に秘密を持ってしまったことになる。でも、もちろん機会を見て、きちんと謝ろうと考えている。

そう。そうでないと、私の中の「狐」に叱られてしまう。

その狐といえば——。狐は決して嘘を吐かないのだから。

彩音さんから聞いた稲荷神に関する話には、本当に驚いてしまった。

稲荷神とは、遥か昔にここ、深草に住んでいた素戔嗚尊に比定される製鉄神であり、また「蛇神」でもあった。そこに、現在の伏見稲荷大社の主祭神である宇迦之御《うかのみ》魂《たま》大神がやって来た。宇迦之御魂大神は、もちろん素戔嗚尊の娘神であり、同時に秦氏が奉祭していた神だ。

そもそも宇迦之御魂大神は「蛇」でもある「宇賀《うか》神」だったのだが、それがいつしか「浮《う》か女《め》」――「おかめ」、つまり「遊女」などという謂われのない中傷を受けることとなる。そして、その「遊女」が「来つ寝」――つまり「狐」となった。

だから狐は「人」から受けた差別・虐待・悪業を、北辰《ほくしん》である父神・素戔嗚尊に向かって、私たちを救ってください、彼ら人間に罰を与えてくださいと、心を込めて祈る――。

しかし、そうであれば「狐筋《きつねすじ》」は、素晴らしい家系になるではないか。宇迦之御魂大神までつながる、決して虚言や悪業には手を染めない家系に。

今まで私は、心の奥底のどこかで少しだけ、自分の家系に引け目を感じていたような気がする。しかし今回、彩音さんたちの話を聞いて、そんなネガティヴなイメージは完全に払拭された。これからは心の底から狐を愛し、尊敬し、そして祀って行ける。光昭さんと一緒に堂々と。

また私は――。

正直に告白してしまうと、今回、周囲の人たちが思っていたほど、この事件に関して心配していなかった。だから稲荷山の二ノ峰でも、全く恐れることなく吒枳尼天の女性と対峙できた。

というのは、病院で意識を失っていた時、私の夢の中に白狐が現れて「大丈夫だから、安心しなさい」と微笑んでくれたのだ。そこで私は、ホッと肩の力が抜けて目が覚めた。

そして、実際に白狐の言う通りになった。

だから今、改めて私は確信している。

やはり狐は、決して嘘を吐くことはないのだと。

参考文献

『古事記』次田真幸全訳注／講談社
『日本書紀』坂本太郎・家永三郎・井上光貞・大野晋校注／岩波書店
『続日本紀』宇治谷孟全現代語訳／講談社
『日本後紀』森田悌全現代語訳／講談社
『万葉集』中西進／講談社
『風土記』武田祐吉編／岩波書店
『枕草子』石田穣二訳注／角川学芸出版
『古今著聞集』西尾光一・小林保治校注／新潮社
『今昔物語集』池上洵一編／岩波書店
『日本霊異記』小泉道校注／新潮社
『和漢三才図会』寺島良安／島田勇雄・竹島淳夫・樋口元巳訳注／平凡社
『延喜式祝詞（付）中臣寿詞』粕谷興紀注解／和泉書院
『易経』高田真治・後藤基巳訳／岩波書店
『土佐日記　蜻蛉日記　紫式部日記　更級日記』長谷川政春・今西祐一郎・伊藤博・
吉岡曠校注／岩波書店

『篁物語・平中物語・濱松中納言物語』遠藤嘉基・松尾聰校注／岩波書店
『日本架空伝承人名事典』大隅和雄・西郷信綱・阪下圭八・服部幸雄・廣末保・山本吉左右編／平凡社
『日本伝奇伝説大事典』乾克己・小池正胤・志村有弘・高橋貢・鳥越文蔵編／角川書店
『隠語大辞典』木村義之・小出美河子編／皓星社
『日本史広辞典』日本史広辞典編集委員会編／山川出版社
『神道辭典』安津素彦・梅田義彦編集兼監修／神社新報社
『日本の神々　神社と聖地』「第五巻　山城・近江」谷川健一編／白水社
『神社と古代王権祭祀』大和岩雄／白水社
『稲荷信仰』近藤喜博／塙書房
『稲荷信仰』直江廣治編／雄山閣出版
『稲荷大神』中村陽監修／戎光祥出版
『稲荷信仰事典』山折哲雄編／戎光祥出版
『鬼の大事典』沢史生／彩流社
「朱」（第32号所収）
「産鉄の豪族・秦氏と稲荷神」沢史生／伏見稲荷大社

『狐　陰陽五行と稲荷信仰』吉野裕子／法政大学出版局
『妖怪と怨霊の日本史』田中聡／集英社
『憑霊信仰論』小松和彦／講談社
『魔の系譜』谷川健一／講談社
『江戸の庶民信仰』山路興造／青幻舎
『性の民俗誌』池田弥三郎／講談社
『仏尊の事典』学習研究社
『印と真言の本』学習研究社
『日本刀図鑑』宝島社
『図説・日本刀大全』学習研究社
『伏見稲荷大社』三好和義・岡野弘彦ほか／淡交社
『深草稲荷』深草稲荷保勝会
『稲荷大社由緒記集成』伏見稲荷大社編纂／伏見稲荷大社社務所
「稲荷大明神流記」
「稲荷大明神縁起」
「稲荷一流大事」
「稲荷大明神祭文」

「野狐加持秘法」
『能楽大事典』小林責・西哲生・羽田昶／筑摩書房
『謡曲集』小山弘志・佐藤健一郎校注・訳／小学館
『演目別にみる能装束』観世喜正・正田夏子／淡交社
『演目別にみる能装束Ⅱ』観世喜正・正田夏子／淡交社
観世流謡本『小鍛冶』丸岡明／能楽書林
観世流謡本『龍田』丸岡明／能楽書林

＊なお、作品中でインターネット検索及び引用した形になっている箇所がありますが、それらはあくまでも創作上の都合であり、全て右参考文献からの引用によるものです。

この作品は完全なるフィクションであり、
実在する個人名・団体名・地名等が登場することに関し、
それら個人等について論考する意図は全くないことを
ここにお断り申し上げます。

高田崇史公認ファンサイト『**club TAKATAKAT**』
URL：http://takatakat.club　管理人：魔女の会
Twitter：「高田崇史@club-TAKATAKAT」
facebook：高田崇史Club takatakat　管理人：魔女の会

『神の時空　五色不動の猛火』
『神の時空　京の天命』
『神の時空　前紀　女神の功罪』
『毒草師　白蛇の洗礼』
『QED ～flumen～　月夜見』
『QED ～ortus～　白山の頻闇』
『古事記異聞　鬼棲む国、出雲』
『古事記異聞　オロチの郷、奥出雲』
『試験に出ないQED異聞　高田崇史短編集』
（以上、講談社ノベルス）
『毒草師　パンドラの鳥籠』
（以上、朝日新聞出版単行本、新潮文庫）
『七夕の雨闇　毒草師』
（以上、新潮社単行本、新潮文庫）
『卑弥呼の葬祭　天照暗殺』
（以上、新潮社単行本）

《高田崇史著作リスト》

『QED　百人一首の呪《しゆ》』
『QED　六歌仙の暗号』
『QED　ベイカー街の問題』
『QED　東照宮の怨《えん》』
『QED　式の密室』
『QED　竹取伝説』
『QED　龍馬暗殺』
『QED ～ventus～　鎌倉の闇《くらやみ》』
『QED　鬼の城伝説』
『QED ～ventus～　熊野の残照』
『QED　神器封殺』
『QED ～ventus～　御霊将門』
『QED　河童伝説』
『QED ～flumen～　九段坂の春』
『QED　諏訪の神霊』
『QED　出雲神伝説』
『QED　伊勢の曙光』
『QED ～flumen～　ホームズの真実』
『毒草師　QED Another Story』
『試験に出るパズル』
『試験に敗けない密室』
『試験に出ないパズル』
『パズル自由自在』
『千葉千波の怪奇日記　化けて出る』
『麿の酩酊事件簿　花に舞』
『麿の酩酊事件簿　月に酔』
『クリスマス緊急指令』
『カンナ　飛鳥の光臨』
『カンナ　天草の神兵』
『カンナ　吉野の暗闘』
『カンナ　奥州の覇者』
『カンナ　戸隠の殺皆』
『カンナ　鎌倉の血陣』
『カンナ　天満の葬列』
『カンナ　出雲の顕在』
『カンナ　京都の霊前』
『鬼神伝　龍の巻』
『神の時空　鎌倉の地龍』
『神の時空　倭の水霊』
『神の時空　貴船の沢鬼』
『神の時空　三輪の山祇』
『神の時空　嚴島の烈風』
『神の時空　伏見稲荷の轟雷』
（以上、講談社ノベルス、講談社文庫）
『鬼神伝　鬼の巻』
『鬼神伝　神の巻』
（以上、講談社ミステリーランド、講談社文庫）
『軍神の血脈　楠木正成秘伝』
（以上、講談社単行本、講談社文庫）

●この作品は、二〇一六年三月に、講談社ノベルスとして刊行されたものです。

|著者|高田崇史　昭和33年東京都生まれ。明治薬科大学卒業。『QED 百人一首の呪』で、第9回メフィスト賞を受賞しデビュー。

神《かみ》の時空《とき》　伏見稲荷《ふしみいなり》の轟雷《ごうらい》

高田崇史《たかだたかふみ》

2019年３月15日第１刷発行

発行者――渡瀬昌彦
発行所――株式会社　講談社
東京都文京区音羽2-12-21　〒112-8001
電話　出版（03）5395-3510
　　　販売（03）5395-5817
　　　業務（03）5395-3615

Printed in Japan

講談社文庫
定価はカバーに
表示してあります

デザイン―菊地信義
本文データ制作―講談社デジタル製作
印刷―――豊国印刷株式会社
製本―――株式会社国宝社

ISBN978-4-06-514763-4

講談社文庫刊行の辞

二十一世紀の到来を目睫に望みながら、われわれはいま、人類史上かつて例を見ない巨大な転換期をむかえようとしている。

世界も、日本も、激動の予兆に対する期待とおののきを内に蔵して、未知の時代に歩み入ろうとしている。このときにあたり、創業の人野間清治の「ナショナル・エデュケイター」への志を現代に甦らせようと意図して、われわれはここに古今の文芸作品はいうまでもなく、ひろく人文・社会・自然の諸科学から東西の名著を網羅する、新しい綜合文庫の発刊を決意した。

激動の転換期はまた断絶の時代である。われわれは戦後二十五年間の出版文化のありかたへの深い反省をこめて、この断絶の時代にあえて人間的な持続を求めようとする。いたずらに浮薄な商業主義のあだ花を追い求めることなく、長期にわたって良書に生命をあたえようとつとめるところにしか、今後の出版文化の真の繁栄はあり得ないと信じるからである。

同時にわれわれはこの綜合文庫の刊行を通じて、人文・社会・自然の諸科学が、結局人間の学にほかならないことを立証しようと願っている。かつて知識とは、「汝自身を知る」ことにつきていた。現代社会の瑣末な情報の氾濫のなかから、力強い知識の源泉を掘り起し、技術文明のただなかに、生きた人間の姿を復活させること。それこそわれわれの切なる希求である。

われわれは権威に盲従せず、俗流に媚びることなく、渾然一体となって日本の「草の根」をかたちづくる若く新しい世代の人々に、心をこめてこの新しい綜合文庫をおくり届けたい。それは知識の泉であるとともに感受性のふるさとであり、もっとも有機的に組織され、社会に開かれた万人のための大学をめざしている。大方の支援と協力を衷心より切望してやまない。

一九七一年七月

野間省一